純粋怪談
惨事現場異話

さたなきあ

竹書房
怪談
文庫

目次

まえがき

怪異は「地雷」や「不発弾」と似ています。

我々の生活ととなりあわせに「それ」が潜み棲んでいたとしても、何年も――何十年も、ひょっとしたら一生、無縁でいられるかもしれません。

けれども、ある日ある時ある瞬間。いくつもの些細な――けれども決定的な偶然が積み重なって、「それ」と遭遇してしまう。

そこには巷間言われるような、おどろおどろしい因縁も情念もほとんど介在しない。

遭えば――やられる。

はなはだしい場合は生命すら脅かされる。

単純きわまりない。だが、それだけに、なんとおそろしいことか。

本書は、そんな怪異譚を芯棒としています。

あなたも。あなたも。あなたも。

…………さあ。「こちら側」に来てくださいな。

まえがき

あなたがたが安全地帯と思いこんでいる日常と、薄皮一枚となりあわせの「こちら側」へ。

カチリ！

と、何かのスイッチが入る、かすかな——しかし決定的な音が。

耳と………それから脳髄のなかに入ってくるかもしれませんよ……？

さたなきあ

冷蔵庫が開く

ちょっと前までは。

「いわく」のある品といえば、骨董商の手を介してとか。古本・古道具の即売会などで人の手から手へ渡ってゆく——というのがそのテの話の常であった。

現在。巷ではものすごい勢いで昔ながらの古本屋の数が減り、骨董を扱う店も見かけない。それではそれらの店が扱う品もそのあたりになくなったのか？　愛好家も消えたのか？

いやいや。某鑑定番組の人気も手伝ってか、骨董品や「お宝」に血道をあげる愛好家は老若男女、やはり相当いるようだ。

ただ以前と違う点は骨董に限らず、「前歴」「来歴」「入手経路」のよくわからない代物が手軽に求められるようになっていることだろう。

そう、ネットオークション等のことだ。

たしかに便利だ。掘り出し物もある。家計を助けてくれる場合もある。

しかし、中には説明と異なる品をつかまされたり、後から値くずれして歯ぎしりをした経験のある人も多いはず。

そうして。表沙汰になるならないは別にして、いわくつきの品物が出回らないとも限らない……。

春日部さんは30代まで勤めてきた会社が倒産し。現在、不本意ながらも就活中の身である。彼の抱えているストレスは、並み大抵のものではなかった。

それでも独身の彼は、家族持ちよりも身軽と言える。くわえて長年培ってきた、人脈と技術もある。

友人たちの助けもあり、何とか就活も成功しそうな気配が見えてきたある日……。

近畿圏内からやや外れるO県の某市内。安マンションで暮らしていた彼のもとを、陣中見舞いなどといって友人の一人がたずねてきた。

持参した酒やツマミを、二人で馬鹿話に興じながらほとんど消滅させた後。友人はその夜、春日部さんのマンションに泊まった（ツブれたともいう）。

そして、朝を迎えた。

夏場のこともあり、床に直接転がって眠った結果、どうやら首の具合をおかしくした友人が、こんなことを言いだした。

「なあ、春日部」

「ん？」

「あの、流しのところにある冷蔵庫だけどな」

「ああ、あれか」

「言っちゃあなんだけど、こんな部屋——しかも男の一人住まいには、ふつりあいなデカさだよな。この間来たときは、どこかから貰ってきたという小さなヤツだったはずだが。今、あるのは新品だろ。最新型じゃなさそうだが。それにしたって素寒貧（すかんぴん）のはずのお前がどうしたんだ？」

「いや、ネットだよ」

「ネット？」

「ああ。オークションで落札したんだ。驚くほど安かったたな。対抗馬もいたんだけれど、質問欄でさ。『当方、一人暮らしの会社員です。老朽化したマンションに住んでいますが、おしなものの重量はどのくらいでしょうか？』……ってたずねたら。急に上位にいた人間を削除したようだったな。うん。アレは、ちょっと変だった。まあ、回答も誠実そうな感じだったし。重量も見た目ほどじゃないってことで、まあ、いいかって思ったんだけど」

　友人は、あきれ顔になった。

「まあ、いいかって。お前。そいつは十分、変だぜ」

「うん。まあ、どこかおかしいから手放したんだろうけどさ。そうしたら案の定、勝手に扉が開くことが、ある」

「何？　勝手に扉が開くぅ？」

　ちょっと天然の入った春日部さんは、怪訝な顔の友人に頷いてみせる。

「多分、マグネットが弱いんだろうなあ。ひょっとしたら、メーカーの検品段階でハネられたヤツが横流しされたのかもしれない。まあ、僕は細かいことにこだわらない主義だし。中のものが仕様通り保存されるのなら、扉にはガムテープでも貼っておくさ。出品者も、家族持ちだとＮＣＮＲ（ノークレーム・ノーリターン）とはいかないだろうから、それで僕を優先したんじゃないかな？」

「おめでたいところがあると思ってはいたが……。そんな、生やさしいものじゃなかったら、どうするんだ？」

友人の口調は存外、真剣である。かえって春日部さんの方が面くらったほどに。

「おいおい。何だよ、その思わせぶりな台詞は。大体、そこまでうちの冷蔵庫にこだわるのは、どうしたっていうんだよ。仮にアレが欠陥品でも使えるだけ使えば、それで終わりだろ？」

何やら考え込んでいた様子の友人は、チラチラと冷蔵庫の方を見ながら言葉を選んでいるようだった。

「眠っているときにな。明け方だったと思うが、音が聞こえてきたんだ」

「音？」

「ああ、何かをカリカリカリカリ引っ掻くみたいな音だった」

「ネズミか？」

「いや、ちがう。それで意識がはっきりして、この変な音はどこから聞こえるのかと注意してみたら」

春日部さんは、答えを先に言っていた。

「冷蔵庫からっていうのか？」

「冷蔵庫からだ。で、そっちの方を見てみると、何だかよく分からんが、ぼうっとしたものが、冷蔵庫のすぐ傍に立っているように見える。……ちょっとビビったぜ。もっとも、瞬きをしてもう一度見てみると、何もいなかった」

「それじゃあ、寝ぼけの典型じゃあないか」

「ちがう。念のために冷蔵庫のそばに行ってみたんだ。喉も乾いていたしな。するとな。分厚い扉越しに、クックククク。ククク……と、ふくみ笑いが聞こえるんだ。女の声で」

「今度はふくみ笑い？　嘘だろ。やめろよ。いくら夏場だからって」

　友人は首をふる。

「本当だ。たしかに聞いた。マジだ。ガチだ。で、さっきの引っ掻く音といい何なんだと、思いきって冷蔵庫を開けてみた」

　話が本当ならば友人は相当、肝が据わっていると言えるだろう。

　春日部さんもいつしか、身を乗り出していた。

「何か――いたのか？」

「大量の食品だけだった。あと、お前、タオルを冷やしてるだろう。それだけだ」

　春日部さんは、ふうと息を吐く。

「何だ。人騒がせな。結局、勘違いじゃあないか」

けれども友人は、その言葉にも首を振るのだった。

「どうかな……？　冷蔵庫を確認している間中、後ろからのぞきこまれているみたいな気がしてたまらない。振り返ったら、何か見てしまう。そう思えるほど強烈だった。自分以外の息づかいがした。…………ような気もする」

春日部さんは、天を仰いだ。

「かんべんしてくれ。お前、霊感が強い血筋だなんて言い出すんじゃあないだろうな！」

「そんなこと言うか。でもな。思うにあの冷蔵庫。このまま置いておくのはどうかと思うぞ」

イイ大人が二人、にらめっこみたいに顔を見合わせる。

「どうかって言われても、現に使ってるわけだし。今更、なあ」

……友人は朝食をとらずに帰っていった。

それから半月ほどして。今度はその友人の方から、春日部さんに連絡をとる機会があった。

何度かの留守録の後、やっと春日部さんがケータイに出た。

その声は逆境にめげず、天然の性格が強みの春日部さんにしては、実によわよわしいものだった。

「どうした。か細い声だな。身体の調子でも悪いのか。まさか病気じゃないだろうな？」

「……そうだな。病気みたいなものかな」

「また変な言い方をするな。大丈夫か？」

「うん。多分。ああ、お前が以前、やってきたときに話していた、あの冷蔵庫――処分したよ」

友人は、その言葉に少し衝撃を受けた。

「何か……あったのか。あれから？」

「ああ。あった。お前の言う通り――いや。それ以上だった」


友人の訪問から、一週間前後。

それまで気にしなかった冷蔵庫の異常が、じょじょに春日部さんの注意を引くようになっていた。いったん、気になりだすと機械音まで変に思えてくる。

あれからも扉は何度も勝手に開く。

開くと例の閉め忘れ防止用のセンサー音が、しばらく鳴る。

けれども、それ以上のことは起きない。

（起きるはずもない）

春日部さんは、過敏になりかけていた自身の神経を優しくなだめるのだった。

（あいつにかつがれたかな？　僕が一人暮らしだからってさ。思わせぶりなことを真に迫って言うから。何だかここしばらく、こっちまでおかしな具合だった。見ろよ。今までだって何ともなかったし、この通り弱ったマグネットで扉が開く。それだけじゃないか！）

春日部さんは買ってきた食材を、冷蔵庫に几帳面に入れてから。ガムテープで扉が開かないようにした。

その深夜。彼は何か――おそろしい夢を見て、うなされて目を覚ました。

枕元の時計を見る。まだ午前2時だ。

どんな夢だったか思いだせない。

けれども拘束されているのか身体が動かず、破滅的な危機が迫ってくる――そんな感じが残っていた。

（何で、こんな夢を。就活もあと一息だというのに。破滅だなんて！）

春日部さんは、のたのたと夏布団から出る。

喉が渇く。むしょうに渇く。

そのまま、冷蔵庫に向かった。

と。

スーッ
冷蔵庫のドアは、彼が手をかける前に開いた。

ガムテープ片が剝がれて、床の上に落ちている。

それを見たとたん春日部さんは、手足に鳥肌が立った。

(何だっていうんだ。ガムテープだって剝がれることもあるだろう。それだけじゃないか?)

そうだろうか。かなり強力な粘着力のものだったはずなのに。

……予感がする。

今、冷蔵庫に近づくべきでは、ない。中をのぞきこむべきでは、ない。賢明であるのならば。

(馬鹿馬鹿しい!)

春日部さんは、その予感を振り払った。

冷蔵庫の扉を一杯に開いて、中を見た。

入れたはずの食材やペットボトルのたぐい——は、そこに、一つもなかった。

代わりに——がらんとした大きな空間の一番上の段に「何か」が、ぎゅうぎゅうに押し込められている。

無理やりに入れられ、上下が歪に変形した「もの」。

……………女の顔が、そこにあった。

まだ若い。若い女の顔が、横向きに。

髪の毛は、大部分が後ろにまとめられているのか——筋状に額から垂れている。それでも長い。長い黒髪だ……。

(何だ、これは)

センサー音が、響き始める。

(僕は何を見ている？　何を目の当たりにしているんだ？)

パジャマ姿の春日部さんは一歩、退いた。すると。

女は、ぎろっと、黒目を動かすと。灰褐色の唇から舌を、ぞろりと出した。

腐敗ガスでパンパンにふくらみ、汚い黄色のそれは、蛆が何十匹も。それ以上も
……………蠢いていた。

春日部さんが意識を取り戻した時。

間隔を置いて鳴るセンサー音を別にすれば、冷蔵庫の中は普通であった。

買ってきたものが、入れた通りにそこにあるだけだ。それ以上でも以下でもない。

…………そうなのだが。

例のオークションの履歴は抹消されていた。

取引の際の先方の住所や電話番号は一時的なもので、すでに転居しているようだ。

仮に。あの冷蔵庫の元の持ち主が、家電を本来とは別の用途に使用していたとしても何の証拠も、ない。

春日部さんの就活は成功し、今も彼は同じ安マンションから職場に出勤している。

一見、彼の様子に変わりはない。

ただ、彼は新たに量販店から購入した小型の冷蔵庫を、マンションの部屋のなかの、仕事用デスクの脇に置いている。

流しのそばなどでは、なくて。

路地の女

引退した元医師の司馬さんは、語る。

『その男とはね。一度だけ都内の居酒屋のカウンターで、話したんだ。その後は、一度も会っていない。居酒屋にも来ていないようだ。まあ、正直言うと、二度会いたいとは、思わないんだがね……』

男は、中学の頃まで大阪に住んでいたのだという。

そして成長後、左官屋となった。腕の方はなかなかで、バブルの頃は相当、儲けたのだとか。

もっとも、このテの成功譚は、呑み屋ではそれこそ掃き捨てるほど転がっている。そこにいる全員が、一国一城の主で社長で会長といってもいいくらいだ、

だがしかし司馬さんの記憶に引っかかっている男の話は、そんなありふれた成功譚のたぐいではないらしい。

以下、男の関西なまりの強い部分を直した上で、「引っかかっている部分」というのを、

できるだけ再現してみたい。

……………………

『自分は、十二の年まで、大阪のある所にいたんだ。昨今、口先だけのぼんぼんの口車に乗って、跡形もなくなっているところにあった下町だよ。そうだ。あのあたり、それでいいじゃあないか。

……そりゃあガキの頃からなじみだった町並みが、無惨にぶちこわされるのは腹がたつさ。

長年あった工場が消えうせて。いつのまにか駐車場になっちまって、向こうの車やバスが走っている道路が筒抜けに見えやがる。自分でなくても涙が出るよ。

……けれども、あの路地。

アレが跡形もなくなったことには正直、ほっとしてるんだ。

ずいぶん悪夢にうなされたからな。アァ、つい最近まで、さ。

何のことか分からないって。そりゃあ、そうだ。自分にしか分かりゃあしない。

けどさ。信じてくれるかなあ。だあれも、真面目に聞いてくれなかったからな、この話は。

当時、自分の家の近くに路地があったんだ。

ん？　路地なんてどこにでもある？　アァ、その通り。今でも各地の下町に行けば、どこにでもある。

自分が言いたいのは、その路地には――何て言うか――噂があったってことさ。

そうだな。都市伝説ってやつ。マア、当時は都市なんかじゃないんだけどさ。

路地自体はありふれていた。

長さは50メートルもあったかな。両側は酒屋か何かの倉庫から始まって、ほとんど切れ目なく板壁がそそりたってやがる。

アァ、子供の目線だからな。実際はもっと低いんだろうが――とにかく狭くて、昼間でも暗いんだ。

たけの低い草やら、壁の下の方には水はけが悪いんだろうな。苔がびっしり生えていたりする。

おまけに通り抜けるまで、そのなかに外灯なんか、ない。

雰囲気満点だったよ。日が暮れたら、大の大人でも通らなかったんじゃあないかな。

そこに妙な噂がたった。

どんな噂かって？　ハン！　今日びの都市伝説——コンビニに嫌というほど置いてある本に書きちらされているたぐいさ。

その路地には幽霊が出るとか。

ずっと前にどこかの女の子がそこで殺されたとか。

その路地に入り込むと、タタリがあるとか——まあ、そんな噂だよ。陳腐だろ。

けれども誰が言ったんだったかな……陰謀と犯罪ともうひとつナントカは、道具立てが陳腐なほど成功するらしいね。

逆に言えば、陳腐な話には時に危険も潜んでいるってことだろ。マア、子供はふつう、そこまでは考えないよな。

実際ぎゃあぎゃあ言いながら、肝だめし気分で仲間と一緒に何回も、そこに行ったんだ。さすがに通り抜けまではしなかったけれどね。その時は、確かにうす気味は悪かったけれど何もなかったし、何も起こらなかった。

そこで、やめておけばよかった。まったくさあ！

夏の夕暮れ時だった。

何がきっかけか、もう今では忘れちまったけれど、自分は一人でその路地に行ったんだよ。

それまでは仲間といつも一緒で——昼間ばかりだった。

うす暗くなってから一人でいわくの路地に入りこんだんだと、自慢したかったのかもしれない。

まったくガキってやつは、つまらないことを考えやがる。

おまけにそれが他でもない自分なんだから、救いようがないよな。

表通りには人影がなかった。路地は入り組んでいて、時間も時間だからすぐ向こうが、ぼんやりしていてね、気味がわるかったよ。アァ、鬼魅（きみ）が、な。

それでも中に入りこんだ。まあ、大して進めなかったがね。結果的に。

なぜかって？

何か——気配がしたんだろうな。

自分はふと、上を見上げていた。そうしたら。

…………「そいつ」が、そこに、いたんだよ。

両手、両足を使って——蜘蛛みたいに、路地の壁に貼りついていた。

いいかい。間違っちゃいけないぜ。

やもりが壁に貼りつくのとは、わけがちがう。

路地の両側の壁に、長い長い手足をのばして。自分の体をささえていたんだ。だいだい色の、夕焼け空を背にしてな。×印みたいなシルエットさ。

最初、何を見ているのか分からなかった。正直、今でもあれは夢だったんじゃないかと思うことがある。

両側の壁に手足をとどかせる。こいつが、まず無理だ。

狭いけれど大人が通って、酒屋が作業をしたりする路地だぜ。

仮に手足の先が届いたとしても、そんな蜘蛛みたいな真似はふつうは、できない。建物の屋根に近い空中で、自分の体を支えたまま、じっとしているなんて。

無理だ。ふつうだったら、な。

けれども、「そいつ」の剝き出しになった手脚は長かった。

針金みたいに細いのに――長いんだ。

ついでにいえば脚も手のような形だったよ。ただし肘とか膝とかついていたかどうか分からない。ついて――いなかったかもな。

女、だったと思うよ。

ばさばさの髪がこっちに、すだれみたいに垂れ下がっていてさ。

坊さんが修行の時に着るみたいな白っぽい、変な着物をつけていた。いや、着物の方がまとわりついているって感じだったか。

そうして、ここが一番かんじんなんだけどさ。

「そいつ」には確かに眼も鼻も耳もあった。

どれもどこか、ふつうじゃあない感じではあったけれど——とにかく、あった。けどな。

「そいつ」の口は、あるべきところになかったんだ。

じゃあ、どこに?

…………額だよ。「そいつ」の口は、広い額についていた。

最初に頭上を見上げてから、大した時間も経っちゃいない。

なのに自分は、これだけのことを、はっきり見てとった。それはもう焼きつけるみたいに、はっきりと。

「そいつ」は眼の上にある口で、ニタリと嗤いやがった。

自分が表通りの方に駆けだしたのは、その口から何かわからない赤いものが、どぼどぼと、落ちてくるのを目の当たりにしたからだ。何だかわからない、赤黒いしろものが、とめどなく。どぼどぼどぼどぼ。

……家には帰りついたものの、途中で何回も転んだんだろう。擦り傷だらけだった。

親父やおふくろたちに、それはもうしつこいほど何があったのか聞かれたが、答えようがないんだよ。

実際、人さらいに遭ったわけでも、悪ガキのゆすりたかりに遭ったわけでも、ヤクザやちんぴらに脅されたわけでもない。子供が何て言って説明すりゃいいんだい?

あれは――――人なんかじゃあ、なかった。

そうだ。人じゃ、ない。呼び方はそれこそ、今ならそこらのコンビニ本にぴったりのモノがあるかもしれないが。

とにかく自分が遭ったのは、人ではない「何か」だったよ。

かわたれ時に、通り悪魔に遭ったとしか言いようが、ない。

…………あんた、自分の話を信じるかい?

あの後、家族といっしょに、あの路地に行ったときもそうだった。かすかに残っている赤いものを、みんなペンキだ、絵具だって決めつけたっけ。

その後、自分と家族はそこから引っ越したし、引っ越しのその日まであの路地には一人で決して近づかなかった。

もう、そこに路地があった痕跡すらないだろうよ。

自分は、それでいいと思ってる。

あの、路地にまつわる陳腐な噂。出所不明なそれらのいくつかは、ひょっとすると自分みたいに逃げきれなかったやつとか。

あの、ぼとぼと落ちてきた赤いものの「次」を知ることになったやつが誰かに語ったものが——変形して伝わったような気がするんだ。

多分、そいつらは正気と身体と、それから命、か。その内のどれか。ひょっとすると全部、損なっちまったかもしれないがね。

今となっては確かめようもない。

なあ、そうは思わないかい？　それから、信じてくれるかい？　……え？』

元医師は、もちろん懐疑派だ。

男が語ったような怪異が、実際にあるとはとても思えない。

だがしかし、彼はある時期から、細い路地のたぐいを進んで歩くことは好まないらしい。

夕暮れなどは——とりわけ。

整理魔始末

首都圏の某郵便局に勤めるYさんの奥さんは、俗にいう「整理魔」であった。

結婚当初からその傾向はあったのだが、齢を重ねるにつれ。夫であるYさん以外の人間からみても、普通のレベルではなくなっていった。

子供がついにできなかったのも要因だったかもしれない。が、もはや原因をさぐるという段階などでは、ない。

Yさんがモノをとろうと開けた引き出し。それが少しでも完全に元に戻っていないと、聞こえよがしに音をたてて直す——などは、まだ序の口だ。

奥さんは食器類から始まって、ありとあらゆる小物が所定の場所に収まっていないと気がすまない。トイレットペーパーのロールの置き場所まで、あれこれと指図をする。

ベッドのシーツ等が乱れていようものなら、鬼の形相で非難がはじまる。

「なんなのよ、これ！　あんた、馬鹿か阿呆？　子供じゃあ、あるまいし！」

衣類を脱いだままにしておいたなら、もうハルマゲドンだ！　まず一週間は口をきこうともしない。

　他にも数えあげれば、キリがない。

　歯ブラシの向きまで同じでないとダメなのだという。ここまでくると、すでにお医者の領分だろう。

　長年、がまんにがまんを重ねてきたYさんであったが、それもどうやら限界にきていた。

　奥さんの口調だけではない。うとましいとなると一挙手一投足が、がまんがならない。世のＤＶに走る男連中も（ＤＶを肯定するわけでは決してないが）何パーセントかは、客観的に見れば、当然ともいえる。

　こういったことが原因かもしれない……。

　けれどもYさんは、あくまでも紳士であった。

　奥さんは時に「整理の大基本」をどこかにやって、感情の赴くまま様々なモノを投げつけてくる。それらをぶつけられても彼は、決して手をあげようとはしなかった。

（交際していたときに「私って几帳面なの。それが長所といえば長所かしら？」などと、ほざいていやがったが……几帳面の意味がちがうだろうが！）

　と、額に物騒な代物がかすめて少し出血した時も。Yさんは心のなかで、罵声をあびせるにとどめたくらい非暴力派であった。

けれども。

歴史がしばしば我々に示唆するように。非暴力派が、だからといって平和主義者だとは限らない。

ある夜。

Yさんは2階の奥さんの部屋から階段にいたる廊下の端に、中くらいの酒の瓶を転がしておいた。

そうだ。どうかすると寝ぼけた人間が、よろけて足を置くような位置に、だ。微妙きわまりない位置に、だ。

二人が寝室を別々にするようになってから、もうずいぶん年月が経っていた。

Yさんは階下で奥さんの気配に怯えるようにして眠り。奥さんはかつてはダブルベッドを置いていた2階で、アルコール臭にまみれた高いびきをたてて眠るのである。

そう、彼女はいつの時点からか「整理魔」である一方で——偏執的なキッチンドリンカーになっていた。

昼日中でも酒をあおることが珍しくない。

最初はちいさなカップ酒を隠れるようにして飲んでいたのが、最近では焼酎の中瓶を夫に見せつけるようにしてあおったりする。

そのせいだろう。夜間に階段をおりて、台所に水を飲みに行くことが度々あるのだった。

……結果から言えば。真夜中にとんでもない落下音が響くことになった。

朝には階段の下に、首があらぬ方向を向いた奥さんの身体が横たわっていた。

彼女がキッチンドリンカー。いやいや重度のアルコール中毒の典型的な言動行動を示していたことは、Yさん以外にも何人もの友人知人＋近所の人々が証言してくれた。

公的な見解は――事故死。

本人が廊下に出しておいた空の酒瓶につまずいて、階段から転落死した、ということで落着した。

整理魔であるにもかかわらず、激した際にところかまわず投げつけるモノ同様、呑んだ酒瓶は、あちこちに放置しておく奥さんであった。

そのこともまた複数の人間が断言してくれた。

まことにもって、この世は愛と慈しみで満ちあふれているのである。神の御名はたたえるべきかな！

……瓶を転がしておいた時点では、けっして殺意があったとはいいきれないYさんである。

ささやかな意趣返し。その程度のつもりだった。

だがしかし。いざ蓋を開けてみるとダイスが最良の目に転がった。そんな晴れ晴れとした気分であった。

(何だ。簡単に片づくものなんだなあ。こんなことなら、もっと早く試みればよかったよ。何度か失敗したとしても、アイツの大トラかげんなら短い間に成功したろうに)

葬儀等の間、空涙を流しながら。そんなことをしみじみと考えるYさんである。

彼には一片の罪悪感もなかった。

むしろ長年、虐げられてきた者特有の怨念に似た思いがあるだけ。

彼は伴侶を殺害したのではない。未必の故意というもので死に導いたのですら、ない。

自身の堅実な生活をおびやかす「障害物」になりさらばえた物体を「始末」しただけなのである。

その点でだけは。かねてからそれこそ「整理」の必要性を、誰よりも感じていたYさんであった。

奥さんがいなくなって数か月が経った。…………

「赤の他人」の私物をほぼ完全に「整理」したYさんは、その夜。勤め先から帰ると再び取り戻した2階の寝室で、独身時代のように好きな本を読んでいた。

結婚する以前は就寝前に必ず、クッションを立てて座椅子のようにし。眠気が訪れるまでお気に入りの本を、ベッドのなかで読むのがYさんの習慣であった。

これまでは、そのささやかな趣味も、

「不要な物が増えるのが耐えられない」

と、奥さんに蔵書を無惨に捨てられて、泣き寝入りをしていた彼であった。

が、最早、誰にはばかることもない。

（本来、何で我慢に我慢を重ねなきゃならないんだ。あの×ジルシめ。まったく、いなくなってくれてよかった。ああ、せいせいした！）

Yさんは推理小説やサスペンス、ホラー小説のたぐいが好きだ。

ところで、その夜のベッドの友は古典的ミステリー——のはずであった。

カバーに記載されている触れこみはそうであったし、途中までは確かにそう思えた。

ところが中盤あたりにさしかかって。どうにも筋立てがおかしくなり始めた……。

主要な登場人物二人が建物の2階の一室で会話をしている。その部屋にはもう一人、いわゆる容疑者もいるのだが。

〈……と、いうことは。そこにいる男はつまり、妻をどうかしたわけだね?〉

〈どうかしたというのは抽象的だね。しかし、その通りだよ。しかもね。しかもその、どうかされた彼女だが。どうもそれだけでは事をすまさないタチのようだよ〉

〈と、いうと?〉

〈尋常一様の執念の持ち主じゃあ、ない。その斜め上をいく執念の持ち主のようだ。と、いうのも…………ほら、聞こえないかい? あの、階段をのぼってくる音が〉

ギシッ!

Yさんは、びくっとした。

部屋の外の階段のあたりで何かが軋んだのだ。

(年数の経っている家だからな。そりゃあ家鳴りもするだろうさ)

ギシッ。…………ギシッ。

音は続く。まるで階段を誰かが、のぼってくるみたいに。何度も——またしても。

ギシッ！

（偶然さ。他にどう考えようが、ある？）

Yさんは、そう自分に納得させて視線を本のページの上に戻す。

〈いや、何だか、おそろしいな〉

〈そりゃ、そうだろうさ。人の一念というものを甘く考えちゃあいけない〉

〈ふうむ。それじゃあ彼女、ひょっとすると今頃は。そのドアの向こうに立っているかもしれないね。凄惨な表情で。そこにいる男に清算を強いるために〉

フフフ……。

うふうふ。

Yさんは、びくっとしたどころではなかった。

今のは何だ？

空耳だったのか？　ドアの向こうで誰か、嗤ったみたいな？

（しかも、あの声は——いや、そんなはずは、ない。あってたまるものか！）

廊下を擦る衣擦れの音まで聞こえるような。そうして、また、嗤い声！

Ｙさんは勇気をふりしぼって本を読む。いや、読むふりをし続けた。

……無慈悲な登場人物の台詞が、そこに踊っていた。

〈ドアの向こうに立っている？　立っているだけだって？　いやいやちがう。とんでもない！　もう、ここに来ているじゃあないか！　見たまえ、あの男を！　ほら、あの男の――

――その後ろに！〉

「ひゃあっ！」

Ｙさんは、反射的に背後を振り返っていた。

何も――――ない。

そこには木目をあしらった壁が、あるだけだ。

「何を神経質になっているんだか。どうかしているな。……それにしても、何か知らないが忌々しい本だ。それこそ整理しなくちゃいけないな！」

そう独り言を言いながら。本を床に投げ捨てたＹさんは姿勢を元に戻した。

（くわっ！）

文字通り、息のかかるところに、見慣れた奥さんの顔があった。

見慣れてはいたけれど。

それは、ひどく…………一方に傾いでいた。

Yさんが発見されたのは数日後だった。無断欠勤が続いたため、上司の指示を受けた同僚がYさん宅を訪れたのだ。彼が発見されたのは数日後であった。

ショック状態のうえ脱水症状もひどく、一時は命もあやぶまれたが何とか持ちなおしはした。

ちなみに発見時、床のうえに投げ出されていた本は——半分以上が白紙の不良本であった。

もちろん彼が読んだと主張する場面など、どこにもありはしない……。

Yさんは、今やかつての奥さん以上にアルコール漬けになっている。

どうやって生計をたてているのか分からないが、次から次へと酒類を買ってきては呑んでいる。

…………けっして2階にあがることなく。一日中、階下で。

外付け階段

某外語大学生の綾月君は、キャンパスから遠くの自宅に住んでいる。

経済的に豊かとはいえず下宿代等を節約するため、電車等を乗りついで通っているので当然、帰宅時間は遅くなる。

綾月君には少々苦慮することと、不審に思うことがあるのだった。

「苦慮」の方は食生活である。

悪友たちの様々な誘いを毎度断って。疲れた体で自宅近くの駅まで戻ってくる。昼は手弁当ですませるけれど――問題は夕食兼夜食の方だ。

母親もパート勤めのため帰宅は彼よりもさらに遅い。かんたんな惣菜のたぐいを駅の近くで買って帰りたいところだが。郊外線の最寄りの駅周辺には商店街はおろか、コンビニすらない。

といって帰宅途中での外食は、彼が一番嫌う浪費だ。

大学近くで食材を買えば荷物になるうえ季節によっては傷みかねない。

あれこれ考えた末、彼が選択した方法は、帰途、自宅とは反対方向にある大きな街道沿いのスーパーに寄ることであった。

そのスーパーは午後8時をまわると閉められるのだが、食品関係の階だけはコンビニのように24時間営業なのである。

時間が経った惣菜等は段階的に安くなってゆく。これは帰宅時間が午後の8時以降になる綾月君にとって、願ってもないことであった。

ただスーパーまでは、駅から徒歩で十分ほどかかる。これは疲労している者にとってキツイと言えばキツイ。そうしてこのスーパー通いが習慣になってきた頃。彼は、あることに気づき、そうして「不審」に思うようになったのである。

何を?

スーパーまでの道沿いには、工務店や美容院などの店舗があるけれど、綾月君が通るときにはすでにシャッターが閉まっている。そのため辺りはひどく寂しい。

寂しげな風景にさらに一役買っているのが、多少大きめのテナントビル――いや、雑居ビルなのであった。

ビルといっても三階建て。しかも、かなり老朽化している。

　1Fには店舗が数軒入っているようだが、営業しているのかどうか判然としない。シャッターが、おりているところしか見たことがないから。

　2Fにはバーのたぐいがいくつかあり、看板に灯がともってはいる。繁盛しているかどうか——それは謎だ。

　綾月君は十代半ばで現在の自宅に引っ越してきた。そのため自宅周辺であっても付近の地理には、うといところがあるという。

　高校も電車通学。大学に入るまで、駅向こうには数えるほどしか行っていなかったのだとか。用がなかったのだそうだ。

　だから、三階建ての雑居ビルも昔からあったには違いないはずなのだが。それまで関心がまったくなかった……。

　その雑居ビル（仮にTビルとでもしておこう）の何が、彼の不審を喚び起こすというのか？

　まずTビルの、道路から見て左側には階段がある。

　各階の踊り場が丸見えになっている——旧い団地などでおなじみの代物だ。

　エレベーターが見当たらないビルでは、各階の廊下へと通じる唯一の生活通路なのだろう。バリアフリーなど概念すらなく、高齢者その他の都合を完全無視している。その上、入口には扉がないから、入ろうと思えば誰でもビル内に入ることができる非防犯設計だ。

この時代遅れの構造が不審の原因？

ちがう。まったく、ちがう。

階段部分の隣に、地面が剝き出しになった——結構な広さのスペースがあった。

来訪者用の駐車スペース？

実際、車が何台も停められていたりする。問題は、その場所にそびえている、ビルの壁面であった。

それは先に説明した階段部分の外側の壁を兼ねているのだけれど——そこに、外付けの階段がさらに設けられている。

外付け階段。

それ自体は特別なものでも、なんでもない。

雑居ビルならば、非常階段としてこのたぐいのモノがどこでも見受けられる。

が、ここで特筆すべきことは。

Tビルに限って言えば、外付け階段は地面からのびて途中——一箇所だけ踊り場を設けていた。だがその先は2Fにも3Fにもつながらず、直接屋上にある箱のような突起部分につながっているという点である。

屋上の突起が何であるかは想像がつく。

内側の階段から屋上に出るためのものであろう。

屋上に洗濯物のたぐいがひるがえっているのも見たことがないから、立ち入り禁止になっている可能性が高い。

つまり、そんなところに外付けに階段を直結しても――何の意味もないはずなのだ。

なのに。わざわざ階段が設けられているだけではなく、その屋上の突起部分の壁面にはドアまで設けられていた。

これを、どう解釈するべきだろう。

……仮に非常階段のたぐいならば。各階につながっていなければならない。

けれど考えてみてほしい。壁一枚をはさんで外付け階段のすぐ内側は、Tビルの正規の階段なのだ。建物の反対側ならばともかく、こんなところに非常階段モドキを設けて、何のメリットがある?

実際に見ないとピンとこないかもしれないけれど――頭が混乱しそうな眺めなのだと、

綾月君は強調する。

建築工事用の階段。資材搬入用のそれを、何らかの理由で残したのだろうか？

それにしては外付け階段は細く、狭く、大重量に耐えられるとは思えない。野ざらしのそれは、ビル本体よりも老朽化が進行しているような。

その一方で不思議なことに、壁面のドアの方は比較的新しいというか――きれいなのだという。

綾月君は何段か階段をのぼってもみたらしい。案外しっかりしていて、よく観察すると後から補強したような痕跡がある。これが何を意味しているかというと……。

現在でも使用されているということではないのか？

だが内側に階段があるのに、なぜ、わざわざ外から入らなければならない？

綾月君は、様々な可能性を考えてもみた。ひょっとしたら内側の階段は３Ｆまでしか行くことができず、屋上にはこれしか専用階段がない――とか。

そんな建築設計は通常、ありえないのだが。

……日々の生活を送っているうちに、彼は少しずつおかしくなってゆく。

あの階段のことが四六時中、頭から離れず。大学にいるときも、ぼおっとして講義に集中できない。夜もよく眠れない。

Tビルの階段のことに気づいてからはスーパーに赴くというより、何十分もビルの前に立って、色々なことを考え続けてしまう。

外付け階段を少しのぼったりおりたり、内側の階段を覗いたり――はたから見たら不審者そのものだ。

憑かれていた、という表現しか思い浮かばないと綾月君は言う。

階段に憑かれるなど、まさしく怪談以外のなにものでもない、と。

いつしか、あの階段を最後までのぼってみたい。あそこにある外側のドアを開けてみたい！　という、抑えがたい衝動に駆られ始めていた。

「アンタ、うちのビルに何か用かい？」

初老の小柄な男性が突然、声をかけてきたのはそんな時だった。後から考えると――実に「危ういタイミング」だったといえよう。

「は？」

暗い空の下。目の前にある外付け階段に瞬きすら忘れて見入っていた綾月君は、実にまぬけな声を出してしまった。

「アンタ、うちのビルの関係者じゃないな。店の客でもないよな」

うちのビル、などという単語を使うからには、初老の男性はTビルの管理人。いや、オーナーかもしれなかった。それまで見かけたことはなかったし、濃緑の作業着のような服装は、およそオーナーらしくなかったが。

「はあ。自分は、その——何て言ったらいいのか……」

実際、説明のしようがない。

本来、通りすがりの通行人でしかない者が、見たところ変哲のない雑居ビルの外付け階段を恋人でも見るかのように眺め続けているなど。

（まずい。どうして、こういうケースを考えなかったんだ。監視カメラがあふれている昨今だ。挙動不審？　他人が所有している敷地への不法侵入？　怪しい人なんかじゃすまなくなる。警察沙汰にでもされたら）

まだそれほどの陽気でもないのに、綾月君の背中と脇はいつしか、じっとりと汗ばんでいた。

だがしかし。初老の男性が次に出した言葉は、非難するものではなかった。

「またか。なあ、アンタ。このビルの外付け階段が気になって仕方がないんだろ？　それに、あの階段がつながっているドアもだ」

「え？」

「のぼりたいと思いつめてたんじゃあないのかい、あの階段を。最後まで。そうして開けたいと思わなかったかい、あのドアを。……寝てもさめても、さ！」

綾月君は驚いた。

それはそうだろう。内心を見事に見透かされたのだから。驚かない方がどうかしている。

「ど、どうしてそれを。そんなことが言えるんです？」

「ちがうのかい？」

「いえ、ちがいません。その通りです。でも何でそんなことが分かって」

「……アンタが初めてじゃあ、ないからだよ。前のやつも、前の前のやつもそうだった。その前のやつもな。直接、聞いたわけじゃないが、前任者から引き継いだときには、もう何人めだったか。……畜生。何で、こんなことになるんだか」

初老の男性は、いまいましげにうなった。それから外付け階段をにらみつける。

「とにかく、ここじゃまずい。人の目もあるしな。こっちに来な。アンタ」

綾月君が連れていかれたのはTビルの一角にある、部屋であった。男性の、ちょっとその筋っぽい第一印象とはちがって、こざっぱりした内装であったという。

彼はお茶まで出してもらったそうだが、その男性は自身の身分を「ビルの管理人みたいなもの」だと呼称した。

初老の男性は語った。

「あの外付け階段と外壁につけられたドアだろ。俺もアンタみたいに気になったよ。ここにきた時には、な。誰が見たって不自然なしろものだ。摩訶不思議ってやつ、だ。それで当然、前任者にたずねてみた。そうしたら相手は何て言ったと思う？　あれには、かかわるな！　だとさ。前任者——実年齢以上に老けたオッサンだったが——に言わせれば。とにかく、できるだけ見ないようにすること。それから考えないようにすることだとさ。ハッ！　わけがわからないよな。当時の俺もそうだった。今は少し、違うがね……」

「はあ」

聞き手の綾月君は、うなずくしかない。

「ああ。アンタも考えたはずだ。あれに魅入られた連中は、みんな考える。ビルの内側の階段は、ちゃんと屋上につながっている。その気になれば屋上にも出れる。俺はめったに出ないがね。それよりも、あの外壁のドアだ。内側の階段をのぼっても、それらしきものは見当たらない。当然だ。アレは、な。外壁に埋め込んであるんだよ。ハッ！　だから外側から内側に入れるどころか、そもそも開かない。ビクともしない。ノブを仮に握ろうが回そうが、な。もちろん俺はやったことはないがね」

「え？」

綾月君はがく然とした。あの頭から離れなかったドアは——ドアとして機能しないと、この男性は言っている？

「ど、どこにもつながらないドア？　オブジェみたいに？　どういうことです。何でまた、そんな——手間のかかることを？」

彼の問いかけは当然だったろう。

「詳しいことは知らん。前任者なら、何か知っていたかもしれないがね。とにかく大事なことはな。人によってはこのビルの外付け階段や、今言った埋め込まれたドアに、異常な興味を示すってことだ。アンタなら分かるよな。俺もアンタだから話しているんだ。相手を間違うと、ナントカ扱いされかれない話だからな」

「…………」

「そうなんだ。人によって程度は違う。興味といっても、写メるくらいの可愛いものなら、マア、問題ない。けれどもアンタくらいに程度が——何と言ったらいいのかな。そう……深刻になっちまったヤツは、俺の代になって何人めになるかな。とにかく、前の前のヤツは、ある晩。あの階段を転げるように駆け降りて、そのまま前の道路をスーパーの方に突っ走っていった」

「突っ……走る？」

「ああ。まるで、すぐ後ろ、息のかかるところに、おそろしいものがいて、そいつから必死に逃れようとするみたいに。悲鳴をあげながら、な。それはもう、耳をふさぎたくなる悲鳴だ。そうして——そのまま街道の車の列に飛び込みやがった。投身ってヤツだ。この件は偶然だが一部始終を見ていたやつがいてね。間違いない。公的には自殺ということになったな」

「自殺、ですか」

「そいつの時は俺は休暇中でね。まあ、わずらわしいことも半分程度ですんだ。しかし前回はそうはいかなかった。やっぱり若い男だったんだが——そうだ。決まって、いつも若い男なんだ。何ていうか魅入られるのは、20から30歳前後。なぜなんだろうな。まあ、それはいい。夜中の何時だったか。とてつもない笑い声と怒鳴り声の中間のようなものが響きわたった。驚いたな、あれは。俺はもしやと思って外付け階段のところに駆けつけた。ビルの居住者も数人、外に出ていた。……数週間前から、このビルのまわりをうろついている男がいてね。そう、ちょうど、さっきのアンタみたいにさ。途中で一度、短い話をしたんでよく覚えていた。四六時中、このビルの外付け階段と壁面のドアのことが頭からはなれないって、夢遊病者みたいな顔と口調で訴えていたっけ。そうしたら案の定さ。どうやら階段をむちゃくちゃに転げ落ちて、途中で動けなくなったらしいんだ。……笑っていたよ。吠えていたと言った方がいいかな？」

「笑っていた？」

「広い、広いんだよ！　存外、広いんだ！　ずいぶん、広いんだ！　……真っ赤な眼をして、そう叫ぶんだ」

綾月君は、話の腰を折ってもたずねずにはいられなかった。

「何のことなんですか、それは？」

「…………壁面の、ドアの中のことらしいな」

ばかな。

「なっ？　だって、あれは壁面に埋め込んでいるだけの——形だけのドアなんでしょ？

そこには」

あなたがさっき、そう言ったじゃあないですか。ビクともしないし、仮に開いたとしても、
何も、ない。いや、あるはずが、ない。あってはならないのだ。

自称「管理人」は、自分の分の茶をすすった。

「その通りさ。まったくもってアンタの言う通り。お説ごもっとも。俺だって分かりすぎるほど分かってる。あのドアの内側は壁だ。そうしてその向こうは屋上への出入り口だ。それもコンクリで囲った狭い狭い空間しかないってな。でもな。警句にもあるっていうじゃあないか。好奇心は猫をも殺すとか。それとも青髭の女房だったかな？　とにかく、そういったものにつき動かされて。そいつは〝開かないドア〟を開けちまったらしい。そうして〝ドアの内側〟を見ちまったらしい……」

発見された若い男は、

〈まだ、向こうがある。まだ、ある。まだまだ、ある！〉

と、喚きたてた。それだけではない。

〈向こう側から出てくる。ひひひ。いくらでも、いくらでも出てくる。ひひひひひ。それから、どこまでも、どこまでもついてくるんだよう。ヒッ。手でない手が。顔でない顔が！

ヒヒヒヒヒヒ！　湧いて出てくる。次から次へと。うじゃうじゃ。ざわざわ。ぞよぞよ。ヒッ。いたいいたいいたいいいたい。分からないのか、馬鹿！　紐みたいにほどけた手が頭のなかに滲みこんでいるだろ。の、脳みそを直に触ってやがる…………脳みそを、啜られる。齧られるウウウウ！　脳みそォオォ！　ヒヒヒヒヒヒ！　見て分からないのか、この馬鹿。何とかしてくれ。イタイよう。ウヒヒヒヒヒ。イヒヒヒヒヒッ！　痛いッ。痛い痛い痛い痛い痛い痛いいいたあぁぁぁいッ！　ひィ――――ッ！〉

「……どういう意味なんですか、それって？」

しばらく無言の時が流れた後、綾月君はとっくに冷めた茶の入った湯呑を握りしめながら聞いていた。

唇が渇いている。茶で湿らせているにもかかわらず。

自称「管理人」は首を振った。

「二度言わせるなよ。好奇心はナントカ、だ。俺に分かるもんか。ただ、あれが、あいつの頭のなかにだけある戯言じゃあないって、何となく分かる。あの時、俺は、わめきちらすあいつから目をはなして――あの、壁面のドアを見上げたんだ。信じるかどうか、知らん。あのドアが……埋め込んでいる形だけのドアが。細めに開いていた。それから――。

すうと、音もなく閉まっていった……」

「…………」

「そいつが、その後。どこに連れていかれて、どうなったかは知らん。形通りに通報して
――大の男が三人がかりで、ベルトのついた台に固定しようとしたんだが、そりゃあ凄まじい力でな。あちこち骨が折れてるはずなのに何回も人を、はねとばすんだ。そりゃあ凄かった。形相もそうだが、あの……真っ赤な眼。いまだに忘れられんよ」

「真っ赤な眼……」

またしても無言という幕間。

「実のところ。俺自身もふつうじゃあないものを、このビル内で見聞きしている。実害は
――ないといえば、ないが。ここの居住者も似たりよったりなんだろう。声高には言えないが、実際に住んでいるのは開いているテナントの数より少ないってか。俺も齢だしな。

……疲れたよ。アァ。色々と、な。老後の生活費の足しにしようと、ここに来たんだが――

――お笑い草だな。ここは、まっとうなヤツが長居をする場所じゃあ、ない』

そう言って自称「管理人」は苦笑する。

「あの」

先ほど釘をさされた綾月君は、おずおずとたずねる。

「とどのつまり、あの階段とドアは、一体、何のためにあるんです？　そんなに忌々しいことが起こると分かっているのなら、取り外してしまうとか？」

はねつけられると思った質問であったが、相手は自分の茶を一口ふくんでから、意外にもおだやかな声音で応えた。

「誰が言ったものか。いい家には、いい建物には、無駄な隙間みたいなものがあるそうだ。それがあるから、家が映えるし天災にも耐え得るんだとか。俺はな。悪い場所――魔所でもなんでも呼び名は勝手だが――そういった場所にも、似たようなものが要ると思うんだよ」

「どういうことです？」

「ここが元々、どんな土地だったたか。以前に何があったか知らん。知りたくもない。けれども何か、あったんだろう。今現在よりもずっとずっとタチの悪い〝何か〟。その時に誰が入れ知恵したものか分からないが、わざと〝隙間〟をこしらえた。それが、あの階段と埋め込まれたドアだ。あれにどんな意味や効果があるものか――。けれども、あれがあるから、まだ、この程度ですんでいる――と、俺は思う。それでも、時々、喚び寄せちまうようだな」

「喚び……寄せる？」

「一言で言えば、アンタみたいな人間をな。ああ、悪いことは言わん。俺の話を鵜呑みにする必要だって、ない。けれど、な。自分が可愛いのなら、このあたりを今後、うろつかない方がいい。近寄りさえしなければ、このビルへのこだわりは薄れていくみたいだしな。今までも、そうだった。俺に言えるのは、これだけだ。後のことは責任をもてん。とにかく、信じようが信じまいが勝手だが――あのドアの向こうには」

「向こうには？」

「それが何なのか見当もつかんし、知りたくもないが――棲んでいやがる。巣をつくっていやがるのよ。ああ、何かが、な！」

綾月君はバイトをして――大学近くで下宿生活をする方針にきりかえた。たまに自宅に帰っても、駅向こうのスーパーのある方向には行くことはない。

彼は「絶対に」と断言して話をむすんだ。

上司の背中

大阪府内が発祥の地である、歴史ある某企業グループ。

その一つである貿易部門のオフィス内での話だという。

K本部長が、直属の部下の一人である畑中さんのデスクにやってきた。

それぞれのデスクは心理学者のアドバイスなども取り入れ、極力ストレスを軽減するために間仕切られ、広い余裕のあるスペースになっているとか。

（おっと。御大のおでましだぞ）

おそらく進行中の仕事のなかでは最も大きな、S社とのプレゼンに関することだろうと畑中さんは思った。

と、同時に彼は、（まただ）とも思う。

何のことか？

こちらに近づいてくる本部長の傍らに、高価なスーツに見え隠れするようにして、もう一人——誰かがチラチラと見えるのだ。

いや、見える気がする。

それは小柄であった。手足が細く思えた。

子供か――女性か。

あるいは相当の老人か。

もちろん。

本部長は女性であれ子供であれ。たとえ家族だとしても社内に連れてきたりはしない。

そのような公私混同は論外。見学などさせる人ではなかった。オフィスのなかを連れまわしたりするはずも、ない。

まして、老人などは！

しかし……。

「畑中君。例の件で使う関係資料は、まとまったかい？」

恰幅のいい本部長が、腰をかがめて畑中さんのデスクをのぞきこむ。

「あっ。ハイ。えーとですね……」

パソコンのキーを叩こうとすると、また「アレ」が始まった。

（くっ！）

畑中さんの指が不自然に強張り、思うように操作ができないのだ。

キーが打てない。

マウスを動かせない。

クリックすらできない。

それに強烈な、説明のできない眠気が襲ってくる。とうとつに、けれども抵抗しがたい眠気が。

(何だっていうんだ？　このところ、いつもいつも。睡眠薬でも服用したみたいに。何でこんな――急に)

「畑中君！」

本部長の不審そうな声に、彼はようやく我にかえる。

そうして、やっとの思いで意中のフォルダを開く――のだが。

彼の視線は、今度は本部長の方に泳ぎがちになってしまう。

…………本部長の背中のあたりに。

(この角度じゃあ、よくは分からない。目を凝らすと、何だかぼやけてくるし。でも、何かが部長の背中にしがみついているような。それも指が食い込むぐらい強い力で、だ。肩のあたりに筋ばった細い手が見え隠れして――）

何とか説明を終えた畑中さんは、脱力していた。

去ってゆく本部長を見る気力がなかった。

……何週間前からだったろう。

こんな不可思議な状態に陥るようになったのは。

ありえないものが見えるような気がする。

金縛りに近い状態になる。

それも決まってK本部長が近くに入る時に。

（オレって上司にプレッシャーを受けやすい人間だったのかなあ？　たしかに、あのK本部長は、「カミソリK」とか陰で呼ばれていて、裏表いろいろな噂を聞くけれどさ。あの人のプロジェクトチームにいれば、それなりの見返りはまず間違いがないって同期のやつも言ってたよな。もっとも万一ミスでもしたら。それまでの功績がどうあれ、簡単に切り捨てられるとも言われたけどさ。それでついたあだ名がカミソリだとか、なんとか。緊張した半面、チャンスにはちがいないって、ふるい立ったんだけどなあ。アァ――これじゃあ、ミス以前にどうかなりそうだ。以前に勤め人の間で、慢性疲労症候群って単語が広まったけど。アレ、どんな症状を言うんだっけ？　オレにあてはまったりするのかなあ。健康体だと思っていたんだけどなあ。オレ、どこかヤラレているのかなあ……？）

けれど。

嘆いて自分の精神力を責める畑中さんの心中をよそに、どうやら彼の「体験」は、彼一人に特有のものでは、なかったようだ。

昼休み、彼は社員食堂で、たまたま相席になった古参の女子社員と雑談をしていた。

それは他愛のないものだった。

初めのうちは。

彼女もやはり貿易部門で、実務に関してはK本部長の信頼も厚い。その彼女が少し声をひそめてこんなことを言いだした。

「ねえ。最近、K本部長——おかしいと思わない？」

その切り出し方に実はギクリときた畑中さんであったが、彼は平静をよそおった。

「おかしいって……何？　何が？」

古参の女子社員は顎に手の甲をやって、言葉を選んでいるようだ。その仕草は癖であるらしい。

「何ていうのかな。あの人の後ろに誰か別の人間がいてね、あやつり人形みたいに、そいつに無理やり手脚を動かされている——そんな風に見えるときって、ない？」

それに近いものを見ている——という言葉を、しかし畑中さんは呑みこんだ。

女子社員は話を続ける。

「本人も自分で、怪訝な表情をするときがあるの。しきりに後ろや脇を見てね。そこに好ましくない誰かがいるみたいに。もちろん誰もいはしないんだけれど。おかしいでしょ？」

そうだ。確かにおかしいのだ。

畑中さんに限って言えば、自分の方に異常があるのではないかと悩んでいたのだが。

「私だけじゃあなくてね。一部じゃもう噂になってるわ。つい、この間もF君が持っていった書類に目を通して、サインが必要になったとき。ペンを持ったら、どういうわけか、そのまま固まっちゃったわけ」

「固まった？」

女子社員はうなずいた。

「文字通りフリーズ状態。ぴくりとも動かないのよ。そのくせ顔を真っ赤にして、脂汗を浮かべて。目を書類に向けたまま血走らせてさあ。F君、本部長が何か、発作でも起こしたんじゃないかと思ったくらい。よくあるでしょ、脳ナントカとか心筋ナントカとか」

「ま、まさか」

「F君は何て言ったかしらね。そう、呪縛が解けたみたいだったって言ってたわ。数分たったら、急にサインをしたっていうけど。それが本部長の名前じゃあなかったんだって。聞いたこともない別人の名前だったっていうのよ。……これってさ。どう思う？」

「どう思うって……まさかね」

畑中さんも他に答えようがなかった。

「まだ続きがあるの。そのサインを見た本部長。今度は見る見る顔がドス黒くなっちゃって。『君、気分が悪いんだ。ちょっと外の空気を吸いたいんだが。それからすまないが。今、サインをした書類は裁断機にかけて——その部分だけもう一度、新しいものを用意してくれないか？』……なんて言うの。F君もあっけにとられて、ふらふらと席を立って歩いてゆく本部長を見送るしかなかったって」

「それは——そうするしか、ないだろうなあ」

「みんな、言ってるわ。裏表、色んな噂のあった人だから、これって本部長が踏み台にした誰かのお返しじゃないかって。呪縛ってさ、呪いで縛るって書くし。そうでしょ？」

「……呪いとか、ソッチ系のことを、いきなりふられても、なあ？」

「そうね。でも仮に、本部長がその類いのお返しを受けていたとしてもね。相手の方が息をして心臓が動いていて、まだ身体が残っているとは——限らないわね」

「気味の悪いことを言うなよ。まだ、昼時だぜ？」

相手は、顎にやっていた手を離した。

「そうね。デリカシーに欠けていたかしらね？」

……たしかに温厚そうな顔とは真逆に、辣腕でならしたK本部長である。

畑中さんのいる企業グループは、お寒い景気で緊縮を余儀なくされたとはいえ。まだまだ巨大といっていい。

それなり以上の功績を残してきた本部長が利用し、踏み台にし、切り捨ててきた者は、社の内外に軽くフタ桁にのぼる——おそらくは。

噂だけで信憑性は分からないが、そのなかには本部長に対していわゆる刃傷沙汰に及んだ者もいるというし、自殺未遂のようなこともあったと聞いている。

あるいは、未遂などではすまなかったとも。

人に一念というものがあるのならば、あるいは……？

「ま、まさか。なあ?」

そうだ。ふつうなら「まさか」と思う。

ありえべからざることを間近に見聞きしても、それでもなお「常識」にしがみつく。

それが、「ふつう」だ。

が、畑中さんには、そんな世間一般の認識を覆す最後の一幕が用意されていた。

何とも知れない「モノ」によって。

例の女子社員と話をしてから、半月ほどが経とうとしていた。

K本部長の顔色は、いよいよよくない。

恰幅のよかった身体つきも肉が落ちて見える。

けれど。

例の妙なものは、ここしばらく畑中さんには見えなくなっていた。

強烈な眠気に襲われることも、なくなっていた。

こうなると、やはりアレは自分の身体の異常だったのではないか、と畑中さんは思ったりもする。

ストレスが高じれば、視覚や手脚の末梢神経にも影響が及ぶだろう。そっちの方が、よっぽど説得力があるというものだ。

大体、女子社員の噂話や自説は、常識派の畑中さんにとって、飛躍しすぎているように思う。

(今日も、こうやって本部長は出勤しているわけだしな)

そう。昨日も何事もないし、明日も何事もない。

日常というのは、そういうものではないのか?

そのはずであったのだけれど。

「畑中君」

いつかのようにデスクまでやったきたK本部長に畑中さんは、進行中の取引の進捗状況をグラフ等で説明し始めた。

その時であった。

(——!!)

パソコンの画面に大きな文字が躍った。

そこには、こう記されていた。

〈すぐだ〉

〈もうじきだ〉

〈…………やりのこしたことは、ないか？〉

簡潔ではあるが、悪意の滲みでている文字。

本部長の顔が、いつかの女子社員の話のようにドス黒くなった。

驚がくしたのは、畑中さんも同様である。

彼はグラフの説明をしていただけで、キーには触れてもいないのだ。

外部からハッキングを受けた？　まさか！　部署が部署なだけにセキュリティは強固だ。

だったら、この訳の分からない文字は――――一体なんなのだ？

「分かった」

少しのけぞった本部長が、弛緩した口でそう言うのが聞こえた。

「もういい。もう、いいよ。分かった。……もう、いいんだ」

本部長はいつか聞いた通り、ふらふらしながら自分のデスクに戻っていった。


K本部長の「行方不明」が、上部からプロジェクトのメンバーに内々に知らされたのは、それからまもなくだった。

断っておくが、それは自殺でも入院でも、まして収監でもない。

早朝。施錠された自宅の、これもロックされた自室からその家の主人が出てこないことに家人が気づいた。

長男が体当たりをして部屋のなかに入ったが、主はいない。

冬場のこともあって、勝手口や窓等はすべて閉められ、内側からロックされていた。不自然に開けて出た形跡は皆無であった。

文字通り、彼はこつぜんと消えてしまったのである。

影も形もなく。

前夜は、ややうっ屈した様子ながらも。いつも通り高級住宅地にある自宅に帰って来たというのに……。

社内では、取引先への影響を考慮して、いわゆる「かん口令」が敷かれたが——ほとんど無駄に終わった。

畑中さんはK本部長が今、どこにいるものか、ふと考えることがある。

そしてこう結論する。

K本部長はどんな姿で、どこにいようとも——。少なくとも「一人ではない」と……。

優良物件を求める①　貸し間をさがす

Ｈ県の海に近いところにある文化博物館。そこの館長だったという香川さんのおじいさんが、まだ若かった頃。

時代は「戦争」が終わって、いわゆる復興期だった。

人々が様々な努力をついやす一方で、非合法な取引なども横行していた。

そうして正邪が混とんとしたなかで、どうにも説明のつかない――「得体のしれないしろもの」もまた、まぎれこんでいたふしが、ある。

自分の手で滅茶苦茶にした町を今度は必死に整えようとする人間の、ちいさな営みを暇つぶしにあざ笑うみたいに……。

香川さんのおじいさん。いや、以下香川青年としよう。

彼は幸い身体を損ねることもなく復員できた。正確には分からないが、おそらく終戦の翌年では、なかったろうか？

家族は無事であったが、広かった家屋敷は空襲でほとんど壊れ、残った部分に身を寄せあうようにして暮らしていたという。

家を早急に建てなおすことは不可能に近い。

第一に必要となったのは香川青年と家族親族とが、まずまず不都合なく暮らせる場所だ。しかし、これが難問だった。

快適さは求めはしない。

古くても汚くても結構。雨露をしのげて借り賃も常識内で、ちいさな子供のいる一家が生活できる「貸家か貸し間」を、香川青年は求めた。

求めたのではあるが――そんな物件はそうそうなかった。当時の日本には、香川青年のような者があふれていたのである。

そのため貸し主は足元を見て、ふっかけてくることもあった。こちらの条件などは最初から問題にもしない。

何事にも負けない強い精神を備えた香川青年であったが、それでもこの状況にくじけそうだった。もし、身につけた技術による収入――それがたとえわずかだったとしても――がなければ、あきらめていたかもしれない。

(親切な人の口づてで、あちこちあたったんだがなあ。鬼みたいな貸し主が出てくるのでなければ、もう手付けをもらいましたっていうものばかりだ。どうしたものだろうか)

その日も朝から、あちらこちらをたずね歩いていた香川青年であった。

どこを、どう歩いたものか記憶にない。

気がつくと彼は商店街のような通りに入りこんでいた。

商店街といっても現在のように、大きなアーケードや看板の列があるわけでは、ない。

また、いわゆる「闇市」のたぐいは別にして——物流が滞っているご時世だ。盛大に商売ができる道理もない。

確かに何やら品物を商っているところもあるけれど、店の多くは戸をかたく閉じてしまっている。

それどころか雨戸を閉めているのも珍しくない。入口に板を打ちつけているところも。

まだ……残暑が消えさっていない季節の昼下がりであった。

むき出しの地面からは、かげろうが立ちのぼっていた。

こんな時刻に、この季節に、こうも通風を無視して閉めきっていては、とても中にはいられないだろうに。

それとも閉めきっている店は、商いをやめてしまって無人、または廃屋——なのだろうか。

（それにしても、こんなところに商店街があるなんて今日まで知らなかったな。空襲にもやられないで、こんなに昔ながらの町並みが——自宅から歩いて来ることができる場所に残っているなんて。うん？）

香川青年は、ふと目にした一枚の貼り紙に目を惹きつけられた。

それには、こう書かれていた。

〈貸し間アリマス。この奥。貸主××。委細、面談の上。どなたさまもご自由に、見学されたし——〉

後で考えれば、普通を装ってはいるけれど奇妙な点はあった。

肝心の貸主の部分が字が小さすぎて、名前も連絡先もどうしても読みとれない。

それに「この奥」と記してはいるが、具体的な地図もなければ、家屋の番地も屋号も記されてはいない……。

それでも——その時の追いつめられた心境の香川青年にとっては、天の救済のように思えたのである。

（貼り紙は、まだ新しい。ここが大きな下宿屋なのか、素人下宿なのかよく分からないな。でも、また誰かに先をこされたら目もあてられない。こいつが目についたのも何かの縁ってやつだろう。だったら結構、うまくいくかもしれない！）

善は急げ！　そう思った彼を一体、誰が責められるだろう。

とにかく彼は貼り紙をべりっと剝がすと、まわりを改めて見回した。

紙が貼られていた板塀は、漢方か何かの薬屋の一部であるらしい。

その反対側には看板から推して乾物屋がある。

その二軒の塀の間に、路地にしては狭い通路——いや隙間が口を開けていた。

（奥っていうのは、この奥のことかな。しかし、おかしいな。さっき、この前を通ったときにはこんな隙間は、なかったような……）

頭の片隅が、戦地でしばしば感じた「危うさ」を訴えた。

（何を寝とぼけたことを。しゃんとしろ、しゃんと！　ここは死と隣り合わせの戦地なんかじゃあ、ない。戦争はもう終わったんだ。無茶苦茶になったとはいえ自分の家からそれほど離れてもいないところで、何をどう危ぶむんだ——馬鹿馬鹿しい！）

さきほどは隙間に気がつかなかっただけだ、と香川青年は結論づけた。

このところ気ばかり急いていたし、この暑さだ。見落とす方が自然なのだと。

……その時はそう自分自身を納得させた。そう、その時は。

結局、香川青年はその隙間に入りこんだ。

とたんに身体が、ひやっとした。

左右の板塀で日光は完全に遮断されている。それに足元は、打ち水でもしているのか、湿っていた。それも、とても――。

(打ち水をしているというのなら、やっぱりここが裏手の通路か何かなのか？)

確かに幅は次第に広くなり、途中から玉砂利が敷かれている。

両側には手入れのされている草木が植えられ、まるで高級な料亭の入口だ。

「普通の下宿屋じゃ、ないのか。だったら」

自分の懐具合で、何とかなるのだろうか？

と――とうとつに香川青年の目の前に、上がり口が現れた。

建物が、ではない。

左右も上も大きな樹木に隠れて見えない。それどころか上り口には戸もないようであった。

外してしまったのであろうか？　風通しをよくするために？　いくら暑いといっても、これはいかがなものであろう。

「あのう」

香川青年は（どこか彼が通った小学校の校舎の入り口を連想させる）木造の上り口から、うす暗い内部に向かって呼びかけた。

「あのう、表通りの貼り紙を見た者ですが。その、貸し間がおありになるというのは、こちらでしょうか？」

返事は…………ない。

何度呼びかけても誰かが応えたり、出てくる気配は、ない。

が、廊下へと続く上がり口の上に、またもや紙があった。

「なんだ、こりゃあ？」

青年が、思わずそう口にしたのも無理はなかった。

大きめの玉砂利を重石にしたそれには、こう書かれていた。

〈どなた様も、ご自由にお部屋を見学なさってください。お気兼ね無用。但し××は○○の限りにあらず。××拝〉

同じ筆跡。独特の文章。どうやら、あの貼り紙が示していた先は、ここに間違いないらしい。けれど。

相変わらず、主の姓名等は読解不可能。それればかりか、滲んでいる部分はどういう意味であろう。

退去、いやお帰りであろうか。××はそのような意味の文字のようだが、○○が全く分からない。まるで——何かの警告文のようでもある。

（貸し間を見に来て、警告だって？　ご冗談でしょう？　それにしても、ここの主はどうかしているな。判読できない姓名に連絡先。開けっぱなしの入口の屋敷。華族さまか何かなのか？　まさか！　どうにも鷹揚というか理解に苦しむ）

……戦後まもなくで、人の心も荒んでいたかもしれなかった。それでも、隣近所あるいは友人知人の間で——現在では想像できないほど——日々の家事の助けあいから始まって、老人や子供の世話をするようなうちとけあった人間関係が残っていた。

けれども、この家にはどうもそのような気安さとは、全く異質のものが働いているように思える。

そう。妙な例えになるが——ネズミ捕りが大きく口を開けて親切そうに餌を見せているような……。

(馬鹿な！　暑さのせいか？　何だか変なことばかり考えちまう)

頭を振って香川青年は履物をそこに残し、廊下にあがった。

「それじゃ、あがらせてもらいますよ」

返事を期待していたわけではないが、奥の方で何か物音がしたような。

主は病気か何かで動けない身体なのだろうか。それならば貼り紙での誘導、開放的すぎる入口も、あるていど理屈が通る……？

(とにかく自分には、今、貸し間が必要だ。ここなら自宅から、そう離れていないし丁度いい。なんとしてもかけあって話をまとめないと)

さしせまった事情が、その家にあがるまでの不自然さから彼の目をそむけさせてしまっていた。

板敷きの、よく磨かれた廊下は――長かった。

一体、どんな構造になっているのか知るよしもなかったが。こちらで曲がり、あちらでまた曲がり、枝別れしていて……まるで迷路のようだ。

廊下には等間隔で、裸電球が吊られてはいる。

が、頼りない明かりは、奥行きをますます分からなくしている。

(いったい、どれだけの敷地面積なんだ。一階だけで、この広さだって？　ふつうとは思えない。財閥のお屋敷だって——いや、自分はそんなお屋敷にあがったことはないけれど。こいつは広すぎる。尋常じゃあ、ない……)

磨かれた、それなりの広さの廊下。そこを巡るうちに香川青年は、気分がおかしくなってきた。

暑気あたりなどでは、ない。たとえるなら船酔いのような——めまいを伴う感覚。

(おい。しっかりしろ。一体、どうしたっていうんだ？)

青年は自分を叱りつけた。

……途中から、廊下の両側には襖や障子戸が目立ち始めた。

もしかしたら、それらの一つ一つが、ここでは「貸し間」なのだろうか？　すでに誰かが入居しているとでも？

しかし。あの奇妙な上り口といい、迷路のような延々と続く廊下といい。こんな下宿屋は見たことはもちろん聞いたためしもない。

これでは増築を繰り返した古い旅館か、噂に聞いた遊郭のようではないか？

閉め切られた襖はともかく障子戸は、人の気配がうかがえそうだ。

けれども実際には何の気配も伝わっては、こない。

いつのまにか陽が落ちかけているのだろうか、内部に灯があるのか、障子戸は薄ぼんやりと浮かび上がっている……。

「寒いな……」

青年は無意識にそう、つぶやいていた。

そうだ。この家のなかは涼しいのを通りこして寒気を感じるのだ。

大きな家の奥は、時に夏場でもひんやりとしている時があるけれど。彼の感じる寒さは、そういったものとは異質だった。悪寒——それにちかい。よくない、寒さなのだ。

(外は、あれほどの熱気というのに。……おかしい。色々なことが、どうもおかしい。ここは。この場所は。引き返して帰った方がいいのかも)

家族に対する使命感と危ない感覚とのせめぎあいのなか、引き返す選択肢を考え始めた時——。

…………進み続けていた廊下の先が阻まれた。

唐突に壁が現れ、大きなドアがついている。何の木か分からないが、木製の重厚なドアだ。

ドアノブの上には呼び鈴ではなく、例の貼り紙が自己を主張していた。

〈どなた様も、ご自由に見学なさってください。遠慮はご免こうむり。但し、開ければ二度とは××××××ん。あしからずご了承を。××拝〉

疲労のせいか、香川青年はその文面をろくに読めなかった。

だが、ここが問題の「貸し間」にちがいないと、それだけが頭のなかに入ってきた。

また、周囲がゆらゆら、不規則に揺れ動いているように思える。

(貸し間を見に来たのだから開けないと。行かないと)

ドアノブに、彼は手をかけようとする。

が、寸前でその手が止まった。

戦場。そこでも感じた「危うい感覚」が、またしても。いや、今度こそ強固に彼を制したのだった。理屈などでは、ない。生死にかかわる何か。

(部隊の戦友で……文学好きのヤツがいて。この状況に似た話を教えてくれたような気がする。あれは他愛もない話ではあったけれど——怖い話だった。細部は思いだせないけれど。山中で道に迷った猟師たちが、とうとつにあらわれた山荘のたぐいに入りこむとか、なんとか。何で、こんなことを思いだすんだ。あの話はたしか。たしか——気がついたら、自分が生死の……ギリギリ境い目にいることに気づく。そんな話じゃなかったか⁉)

いきなり！　何の前触れもなくドアが内側から開いた。

そうして、ぬうと一本の手がのびて、香川青年の腕をつかんだ！

(‼)

その手には、びっしりと指の先まであかい毛が生えていた。人間のものとは思えない。かといって、けだものの手とも思えない。

「うわあ。うわわわわわあぁぁぁぁ‼」

香川青年は、その手を何とか振り払った。それから後ろも見ずに、廊下を走りだした。もう貸し間のことなど頭にはない。出口へ。ただ、ひたすら出口を求めて。

(何なんだ、ここは！　この家は——なんなんだッッッ？)

裸電球は、青年の叫びがこだまする奥から順に、消えてゆく。

ぴしゃ——ん、ぴしゃ——ん
と、両側の襖が開き、何かが廊下に半身をのぞかせる。

すた——ン、すた——ン！

と、障子戸が開閉を繰り返す。

キャハハハハハ！　アハハハハハハッ！

イヒヒヒヒ。ヒヒヒ。ヒ――――ッ！

それこそ遊郭にこそふさわしい下卑た笑い。そして、ある種の施設で聞くような奇声が、わんわんと響きわたる。

嘲笑。哄笑。嗤い声の渦。

異様なほど明るい障子戸に、影が数えきれないほど躍る。

ある者は、首の形がおかしかった。

ある者は、手足があるべき場所にない。

そもそも、人の形をしているとは、思えないものばかりなのであった。


香川青年は、彼の自宅から直線距離で10キロほども離れた町で、数日後に見つかった。

その間の記憶は――皆無だ。

どうやって、そこまで行ったのか。

あるいは何者かに連れていかれて放り出されたのか……？

話せるようになった後も彼の語った「体験」は身内ですら信じ難かった。

そもそも彼らが知るかぎり、昔も今も歩いてたどり着ける範囲内に、青年のいうような商店街など心あたりがなかった。

ましで。あの、奇怪な貸し間屋敷などは！

けれども。

彼のズボンのポケットにはあの貼り紙が、くちゃくちゃになって残っていた。

何か魔に魅入られた。そうとしか思えないできごとであった。

年寄りの忠告もあり、家人はその貼り紙を魔除けになるとされる植物の葉といっしょに、すぐさま燃やしてしまった。

紙はじびじびと、青い炎を発してあっという間に燃え尽きた……。

その後、香川青年は魂を抜かれたような表情で、同じ問いを誰にともなく繰り返す。

「もし、あの手が自分をドアの内側に引きこんでいたなら――自分はどうなっていたのだろう？」

香川青年と家族たちのその後に関して――特筆すべきものはない。青年はやがて回復。

家族は転居して時代は移ろい、青年――現在の香川さんのおじいさんは、長寿で天命をまっとうした。

もっとも彼には口癖があり、それは亡くなるまで続いた。

「うまい話には気をつけろ。それから善は急げなどというが、急ぎすぎると相手の術中にはまるぞ。相手？　人面獣心のやからは、どこにでもいる。……それ以外のやからも、な」

優良物件を求める②　何もかもが、ふつう

「こちらでしてね。ええ、結構な物件かと。はい」

その担当者は――鮫島という名前だったろうか――とにかく、よく笑う男だった。

さくらさんは、へらへら笑う男に昔から反射的に嫌悪感を覚える。生理的嫌悪というやつだろうか。

そんな男と――夫も同行とはいえ――行動を共にしているのには訳がある。

かねてからつきあいのある不動産会社から、優良物件が出たという報せを受けたのだ。

さくらさんは派遣社員。夫も勤め人で結婚してから数年経つが、子供はまだいない。

二人ともまだ二十代後半だ。いずれは子供をつくることを考えており、以前から快適な家を求めていた。

現在、二人が暮らしているのは築年数も相当の賃貸マンションだ。様々な制約が多く、窮屈な思いをしていた。いずれ生まれてくるであろう子供のためにも、自由に暮らせる憩いの地としての一戸建てが欲しかった……。

とはいえ、資金には限度がある。さくらさんが望んだのは中古物件であった。築数年、それが高望みならばリフォーム済みのものならかまわない。さらに夫婦の勤め先から比較的交通至便ならば、なおよし！

十分、高望みのような気もするが。とにかくそんな条件を、業界でも名の通った会社の人間にリクエストしておいたのだった。

数日前――さくらさん夫婦は「優良物件」があると連絡を受け、休日を利用し、夫の車で現地に赴くことになった。

場所は京都に近い大阪の外縁だ。さくらさん夫婦は、二人とも京都市内に勤め先がある。立地の点では問題はない。

高度成長期後に売り出されたらしい住宅地の一角で、周囲には新旧様々な住宅が混在していた。

「物件」の前では、スーツ姿の鮫島が時刻通り待っていた。

あの、へらへら笑いを浮かべながら。

「ここが、そうなのですか？」

ガレージに車を停め。さくらさんは資料を片手に値踏みをするかのように「物件」を見上げた。

最近、リフォームしたらしい二階建ての住宅だ。

狭いが庭もある。門から玄関まで、ほとんど高低差はない。老齢期に入って、ここを終のすみかにするというのなら重要な要素だ。

それほど広くはないが明るそうなバルコニー。落ち着いた色合いの外壁。特に個性的でもないが悪印象もうけない。外部をざっと見たかぎりでは……。

「中の方、お願いできますか？」

「ええ、もちろん」

鮫島は二人の顧客を先導するように、速足で玄関に向かった。

がちゃり。

鍵を開けると、何となく無人の家特有の埃っぽさが漂ってくる。

「ささっ。こちらでお履き物はお預かりしますので。あの、スリッパはお好きなものを」

(まるで、料亭か何かみたいな文句ね)

並んでいるスリッパの一つに履き換えたさくらさんは「物件」――いや、その家のなかにあがった。

現在住んでいるマンションは別として、仕事以外で他人の家にあがったのは久しぶりだ。

（何だか不思議ね。ここが自分たちの家になるかも知れないって言うのは）

天井に大きな採光窓がある。昼間なので、あがり口から続く階段の上の方までよく見える。

（洒落てるわね。あの窓）

ちょっと感心したさくらさんがスリッパの下に違和感を覚えたのは、その時である。何かを踏みつけたのだ。

（何？）

スリッパの下に、何か――鈍く光っている。

見覚えがあるものだ。

あの、厭な厭な歯医者の治療用の椅子の傍らに、コトリと置かれることこそ似つかわしいもの。

こんな場所には間違ってもありえないはずのもの。

（まさか……歯？）

たった今、引き抜いたような人の奥歯？　その根元に見える赤いのは、ひょっとすると………肉片？

「失敬」

鮫島が、さくらさんが細部まで確認するより早く、さっとそれを拾い上げて、スーツのポケットの中に入れてしまった。

電光石火の早業だった。

「鮫島さん。今のはひょっとして、人の――」

鮫島は笑う。へらへらと。

「すいません。当方の落ち度でございまして。前に来られたお客様が、お年寄りでございまして。どうも、その、部分ナントカというものを、うっかり落とされたようでございます。不愉快なことで、あいすみません。これは当方で先のお客様に届けさせて頂きますので」

義歯。部分入れ歯のたぐいだと言っているようだ。

しかし。

（一瞬だけど本物の歯に見えた。赤い肉片も、なまなましくて）

が、相手が義歯だという以上、それを改めて見せろというわけにもいかない。また、本当に義歯だった可能性も大だ。

さくらさん夫婦は、何だか出鼻をくじかれたような思いがした。いや、この家における居心地の悪さとでも言ったらいいだろうか？　まるで入ったとたん。家そのものに拒絶されたように感じていた。

（せっかく見つけた——条件にかなり近い物件だというのに）

数分前の「お得感」が、どこかにいってしまったようだ。

（今のが本当に落し物の義歯だとしたら、つまらないことだ。重要なのは、この家が自分達が求めるものに、ふさわしいかどうかだというのに）

そんな、さくらさんの心境をよそに鮫島は、今しがたのことはなかったかのように、よどみなく喋り続ける。

「それでですね。ええ。こちらがリビングで。お隣がキッチンとなっております。どちらもですね————ちっ！」

あからさまな舌打ちが聞こえた。

さくらさんも夫も、リビングの入口で立ちすくんだ。

フローリングの施された床全面に何か、カサカサとしたものが落ちている。一つ一つの大きさは、それほどではない。

が、この量は？

「こまめにチェックして片づけておけといったのに。ああ、すみません。掃除がゆきとどいていなくて」

「掃除って鮫島さん。これ――何なんですか？　チェックって、こんなものがいつもあるとでも？」

「まさか！　ただのゴミですよ。ハイ。どうということのないゴミでして。少々、管理に手違いがあったようで、まことにもうしわけございません。こんなもの。片づけてしまえば、それはもう、まったく支障はございません。ええ、まったくふつうでございまして。何もかもが――ちょっと失礼」

鮫島はスマホを取り出し、どこかと会話を始めた。

と、夫が素早く屈んで落ちている「モノ」を拾い、じっと見ている。

ゴミ？　それにしても正体がわからない。埃の塊でもないし羽毛のたぐいでもない。透けるほど薄いのだがビニール片とも思えない……。

「何？」

「いや、さくら。これ、皮じゃないかな？　……人の」

「え？」

予想もしない単語であった。

だが半透明で薄い褐色のそれらは、縮んではいるけれど「毛穴」のようなものも見てとれる。

たしかに日焼けした際、ぺりぺりと剥離したあの皮膚片にそっくりなのだ。

もしもそうだとして。そんなものがなぜ、こんなに大量にここにあるのか？

（集めようと思ったって集められるものじゃあない。それが、ここに）

尋常では、ない。

鮫島は、ひとまずどこかの誰かとの会話を終えて、何かしゃべっていた。

その、へらへらした笑顔とは全く裏腹に、とほうもない怒りとそれとは違う別の感情を、何とか抑えつけているような印象であった。

「……と、どこまでご説明いたしましたか。そうそう、このお風呂場に隣接した洗面所は、ぜひご覧になっていただかないと。設備は申し分なく、きっとご満足いただけるかと――」

夫婦を導いた鮫島は、少しのけぞったように見えた。

さくらさんたちも、もうそれ以上先へは進めない。

洗面所の床は…………髪の毛で一杯だった。

さっきの皮膚片の比では、ない。

まるで理髪店の床のようだ。

男女どちらのものか分からないが——そうとう長い髪の毛が、文字通りとぐろを巻いている。

それも、いったい何人分をぶちまけたら、この量になるものか。

……見当もつかない。

「鮫島さん。こ、これはっ？」

「…………はは あ。誰の悪戯なのか——悪質ですねえ」

「い、悪戯？」

さくらさんの問いかけに、鮫島は床一面の黒髪を凝視しながら言うのだった。

「まったく悪質だ！　カツラか何か知らないが大切なお客様が来るというのに、こんな真似をするなんて」

「カツラだって？　これが？」

今度は夫が抗議の口調で言葉を重ねる。

「そうですとも。ただの、つくりものですよ。ハハハ！　悪いやつがいますよねえ。営業妨害にもほどがある。警察沙汰にしても文句は言えませんよ。……しませんけれどね。ははは。いや、こんなものはさっきのゴミと同じですとも。片づけてしまえば全く支障はありません。ふつうに暮らせます。ハイ。ハハハハハハ！　アハハハハハ！」

夫婦は無言で返すしかなかった。

鮫島の笑いは次第に調子がおかしくなっていた。その口から漏れる言葉も、だ。

「時には窓にね。びっしりと青バエが季節にかかわらず、たかったりもします。何百匹もね。千匹くらいかな？　けれども殺虫剤があれば、すむことじゃありませんか。ふつうですよ。そんなこと。家のあちこちで生木を裂くような音がして。うるさいかもしれませんが、べつだん――生首がごろごろ屋根から落ちてくるわけじゃあ、ない。少なくともそんな話は、まだ聞いていません。アハハハハハハ！　今後はともかくね。そうなんだよな。そうなのですよ。こんなものは、ふつうの範疇ですよ。ハイ。何もかも普通なんです。ふつう。そこのところを御納得、御理解頂いてですね……」

とめどなく喋りながらも鮫島は、洗面所につかつかと入りこみ。溢れる黒髪の山を踏みにじるのであった。

口の端に泡をためて。あくまで喋り続けながら——憎々しげに黒髪を踏んでまわる。

これでもか。これでもかとばかりに。

（…………………！）

一方のさくらさんたちは示しあわせたように、突進していた。玄関に向かって。もちろん外にでるために、だ。ガレージに置いてある車に乗りこむためだ。

一秒でも早く！

鮫島の異常者にも似たふるまいに、震撼させられたから——ではない。

彼の背後にある、タイルの隅の排水口。

そこから、まっ黒な「かたまり」が盛り上がってくるのを目の当たりにしたためだ。

それは、虫などではない。

蛇やドブネズミといった害獣のたぐいでも、もちろんない。

そもそも、生きているものなどでは…………ないだろう。

おぞましい蛭の群れのように、長い長い髪の毛があふれていた。

そんなことが、あるものだろうか。あるいは錯覚ではなかったか？

彼女たちが小脇に各々の靴を抱えたまま、車のエンジンをかけた時、鮫島は家のなかで何かわめいていた。

それは、ひょっとしたら。

悲鳴や顧客の行動に対する惑乱ですらなく、「物件」の説明の続きであったのかもしれない。

いずれにせよ、さくらさんたちは意に介さなかった。

さんさんと照りつける陽光の下。調子のおかしい声と、一杯にふかしたエンジン音とが、しばらく住宅地のなかに響いた。


さくらさんは、その会社と縁を切った。理由は言うまでもないだろう。

あの、へらへらとよく笑う鮫島が、その会社で現在も接客応対を続けているかどうか——

——それもまた、さくらさんたち夫婦の関心外である。

カナちゃん

「ひさしぶりだなあ。この前、一緒に呑んだのは、いつだったかな?」

フリーライターの岩浪さんは。中学からのつきあいで、親友といっていいGさんと大阪のキタにある呑み屋で再会した。

二人は大学卒業後まったく別の方向に進み、Gさんは今ではちいさいながらも精密部品工場を経営する身分だ。

30代前半までは折をみて会う機会をつくっていたのだが、いつからか疎遠になっていた。

一つにはGさんが30半ばで結婚し、すぐに子供ができたということもあるだろう。

友人関係の場合、一方が独身のままだと、どうしてもつきあい難くなるものだ。

昨今は、年賀状で近況を知らせてくる程度であった。そんなGさんから電話連絡があり、できればすぐに会いたい、と言われたときには正直驚いた岩浪さんだった。

現在の二人には共通の接点はほとんど、ない。

Gさんも会社はけっして楽な経営ではなく、この景気の不透明さでは多忙であろう。

それが時間をさいて、岩浪さんの予定に合わせる形で会いたいと言われたのである。電話口では詳しくは話せないとも。

(相談事があるんだろう。しかし、こいつと違って大成しているわけでもない——素寒貧のライターのこの俺だ。大学時代ならともかく、今のこいつにしてやれることがあるだろうか?)

岩浪さんが再会場所に指定したのは、二人が学生時代によく通っていた店だ。狭いながらも奥には畳の敷かれた席もあり、そこにあがればくつろいで話もできる。時が流れた今でもその店は、ほぼ記憶そのままに残っていた。

冒頭の再会の言葉のあと、お互いの健康に乾杯をしてから、岩浪さんは前述した相談事に関して単刀直入にGさんにたずねてみた。

「こうやって俺を呼び出したのは、思いで話しに興じるためじゃないだろ? 何か心配事でもあるってわけか?」

「うむ。わざわざ来てもらって隠し事をしても始まらないからな。実は——娘のことなんだ」

グラスにもうしわけ程度に口をつけたGさんは、ためていたものを吐き出すようにして言った。

「娘さん？　ああ、もう小学生だったかな？　可愛いさかりじゃないか」

「2年生だ。可愛いのはその通りだ。親バカだがな」

「どこでもそうだろう。その娘さんが、どうかしたのか？　まさかイジメや体罰関係じゃあないだろうな？」

業界人として岩浪さんは、その方向を考慮してしまう。

Gさんは首を振った。

「娘は、何て言ったらいいのかな。ある友達と頻繁に遊んでいるらしいんだが」

「らしい？」

「自分はその現場というのかな……一度も見たことがない。たしかに娘の部屋からは、遊んでいる声が聞こえてくる。庭でもな。時には押し入れや物置からもな。さすがに物置のなかは危ないから止めなさいと注意したがね」

社会派の記事を多く書いている岩浪さんには、ピンとくるものがあった。

「つまりアレか。娘さんは架空の遊び友達をつくっているというわけか？」

「ウム……」

心理学ではこういうケースに名称をつけていたはずだ。

「一般的に言えばそうなんだろう。娘は内向的な子でね。妻も自分もその点は、かなり気になっていた。幼稚園でも友達が一人もできなくてね。いつもぽつんと孤立していると妻から聞かされていた。妻は園長に相談したり——いわゆるママ友か。そういった人間に頼みこんだり、その方面の本を熟読したり、色々と努力していたようだ。自分はといえば、もちろん気が気ではなかった。けれどここ数年は特に業界の変動が激しくて——正直、娘のことまでは手が回らなかった。一時は妻と険悪な状態にまでいってしまってね。後悔はしているんだ。言い訳にしかならんが」

Gさんは機械的にグラスを口に運ぶ。

「そりゃ、そうだろうな……」

岩浪さんも頷いてみせる。他に反応のしようもなかったから。

「その娘がね。この半年ほど別人のように生き生きとしてふるまうんだよ。鳥のエサほどしか食べなかった子が食欲も出てきた。体重も増えて、血色もいい。学校の成績も、まだ2年生だがいいらしい。ふつうなら万々歳なんだが」

Gさんの言葉は相変わらず、歯切れが悪い。

「架空の友達のおかげで、娘さんの抱いていたストレスが軽減したってわけだな」

「そうなるかな」

「俺は心理学者でもカウンセラーでもないし、その娘さんに会ったこともないから参考になるかどうか」

岩浪さんは親友のグラスに酒を継ぎ足してから、言葉を継いだ。

「たしかに内向的な子供が、架空の遊び友達というものをつくりあげて一人遊びをする。こいつは珍しいことじゃない。国内にも海外にも例はごまんとあるはずだ。もちろん、場合によってはその子供に悪影響をおよぼすこともあるかもしれん。けれど、それを言うなら自転車も鉄棒も使い方によっては命とりになる代物だ。だからといって子供——というよりも社会から自転車を取り上げれば万事解決。なんてことは、絶対にない。それに娘さんの場合、とりあえず性格や行動がポジティブな方に向かっているんだろう？　俺の記憶では、そういった架空の遊び友達というのは幼少期に多く現れるようだ。実害がないのなら、しばらく様子を見てみたらどうだ？　ありきたりかもしれないが」

「うむ」

Gさんは岩浪さんが酒を継いでくれたのにも気がついていないほど、この問題に没入している感がある。

「いや。お前の言う通りだ。自分もそう思う。娘は明るくなって自分や妻にもしきりに甘えるようになった。他人が見れば理想的な仲のいい家族、これでおしまいだ。今までは何となく距離を置いた感じだった――親子だというのにな。だから架空の遊び友達というのが、プラスの面だけなら自分も放っておくだろう。むしろ、その〝カナちゃん〟に、感謝すらするだろう」

「カナちゃん?」

とうとつに出てきた単語に、岩浪さんは聞き返す。

「娘が架空の遊び友達につけた名前だよ。……たぶん、な」

「たぶん?」

Gさんの、どこか自分を責めているような独白調の言葉は、ところどころ解釈しづらい。

「おい。G。ここまできて思わせぶりだな。はっきり言ってしまえ。娘さんに関して、まだ他に問題があるとでもいうのか?」

Gさんは頷くと、傍らの大ぶりのバッグを開けて、何やらさがし始める。

「説明しづらいんだ。というよりもどこから、どうやって説明したらいいものか。岩浪、お前は少なくとも自分よりもずっと頭がやわらかい。とりあえず、こいつを見てほしい」

Ｇさんが取り出したのは、10枚前後の紙の束だった。

Ａ４サイズくらいの百均ショップで売っているような、安いスケッチブックから外してきたらしい。

表にはおそらくカラーマジックだろう、何やら絵が描かれている。そして裏には――。

「娘の字だ」

「娘さんの？」

「うむ。絵の解説みたいなことを書いてある。見れば感じると思うが――岩浪。自分には娘の架空の遊び友達というのが、色々な意味でふつうとは思えないんだ」

とにかく。

岩浪さんは、その絵をつぶさに見ることにした。Ｇさんはもう、酒にも肴にも手をつけず岩浪さんの手元を見つめ続けている。

それぞれの絵が、どんな順番で書かれたのかは分からない。

絵のレベルもある点では小学2年生とは思えないところがある。

それ以上に気になるのが、裏に書かれている文章だ。

〈第一の絵〉（説明は後日岩浪さんが付記。以下同様）

テーブルを囲んで三人の男女が椅子に腰かけている。おそらくG家の団欒風景なのだろう。

両親らしい二人が会話している様子を、巧みな線であらわしている。ただ、その絵には第四の人物が描かれている。

一家が着ている衣服までかなり緻密に着色されているのに対し、その人物は黒だけで表現され。しかも天井に近いところに浮かんでいる。

目はぐしゃぐしゃに塗りつぶされた丸で、口は昔の外国アニメに出てきたオオカミのように大きく、歯はぎざぎざだ。

ぞんざいに書かれた髪はおかっぱなのか。子供にも見えるし、大人にも見える。この人物を配置することで、団欒の光景が（妙な言い方だが）どこかお通夜を連想させる。単純だからこそ、不安と不吉を喚起させるキャラクターだ。子供が書いたとは思えない。
●第一の絵の裏の文章
「カナちゃんは、わたしのおともだちです。ほんとうの名まえは、もっとながかったとおもうけれど、はや口できとれませんでした。だからカナちゃん。カナちゃんは、いえの中にいるときには、たいてい、てんじょうのあたりに、うかんでいます。ヤモリみたいにかべに、さかさまになって、はりついているときもあります。ときどき、キキキキキキというこえを出します。ケケ――ッとさけぶときもあります。いろいろなことを、わたしにおしえてくれます。はじめてできた、だいじなお友だちです」


〈第二の絵〉

公園か空き地であろう。遊具にも思えるもののそばで、Gの娘と同じくらいの子供が泣いている。

涙の描写が、水色のカラーマジックで巧みに描かれている。

足の形がおかしいが――これは意図的なものであろうか？　例の「カナちゃん」が、その男の子に何かしているか、した後のようだ。男の子は全身に汚物をかぶっているように見える。

背景は青空だが、爽快さはこの絵に存在しない。〈第一の絵〉と同じように。

●第二の絵の裏の文章

「カナちゃんの目は、りょうほうともまっくろです。口のなかも、ぎらぎらしているハいがいは、やっぱりまっくろです。どうして、そうなのかときいても、キキキキキとわらうだけでこたえてくれません。

わたしをいじめるおとこの子のことをいったら、こらしめてくれるというので、あそびばにいっしょに行きました。そこには、そのおとこの子ひとりだけで、なんだかぼおっとしているのです。なんでじぶんが、そこにいるのかわからないようでした。

カナちゃんは、まっくろな目と口から、もっともっとくろいものを、おとこの子の上からどろどろどろどろ××××ました（一部、判読不能）。

おとこの子はおどろいて走りだし、すぐになにかにつまづいて、ひっくりかえりました。わたしとカナちゃんは、おかしかったので大わらいしました。わたしもカノちゃんのマネをして、キキキキキとわらいました。おとこの子があんまりなくので、あとで見ると、右足がへんなかんじにまがっています。でも、今まで、いっぱいわたしをいじめたのだから、イイきみだと思います」

〈第八の絵〉

テレビらしい枠が紙一杯に書かれている。

その中には二人の人物がいて両方とも男性だ。例の〝カナちゃん〟が、枠——つまりテレビの外から手を画面内に入れているように見える。

断っておくが機械をいじっているわけでは、ない。画面内の一方の人物に、何かしていることを表現したかったらしい。

驚愕、あるいは恐怖の表情はさすがに難しかったようだ。

しかし……いや、だからこそ。この絵はまだ救われているとも言えるだろう。

本来、小学二年生のイマジネーションでは考え難い、そうして現実的にはありえないことだとしても。
●第八の絵の裏の文章
「今日はとくに、おもしろかったです。テレビのとくしゅうで、カイキゲンショウはあるのかどうかをギロンしていました。わかい人と、すこしおじいさんの人の二人がちゅうしんです。おじいさんは、よの中には、ふしぎなことは何一つないと、とてもエライかんじです。するとカナちゃんが、うでをぐ〜〜〜〜っとのばしました。カナちゃんのうでは、ゴムみたいにのびます。前に、虫みたいにたくさんふえたのを見たこともあります。そうして、のびたそのうでは、テレビのがめんの中に入って、スタジオの中にまでとどきました！　ほんとうにおどろいた。

それからカナちゃんはエライおじいさんのあたまを、コツンとたたきました。おじいさんは、きょろきょろ、あたりを見まわしますが、カナちゃんのうでは見えないようでした。また、カナちゃんがおじいさんのあたまをたたいて、同じようなことがなんどかつづくと、ぎろんをやめたおじいさんが、きみわるそうにイスから立ちあがりました。スタジオのほかの人たちもへんなかおを、しています。カナちゃんが、おじいさんのいすを、うしろにうごかしたので、おじいさんはしりもちをついて、ひっくりかえりました。二人で大わらいしした。わたしは、またカナちゃんのマネをして、キキキキキキとわらってみました」

〈第九の絵〉おそらくこれが時系列的に、Ｇが持参した絵のなかでは最新のものだと思われる。

割れたガラス窓とそれまでの絵のなかで、もっとも大きく描かれている〝カナちゃん〟

が目立つ。

黒く塗りつぶされた目や口は、明らかに怒りか憾みのようなものを表現している。まっ赤なマジックで背後に何重にも重ねられた渦巻き模様が、見る者に不安をかきたてる。

紙の隅にはG一家と思しき三人が立っているが、とても弱々しい印象。

●第九の絵の裏の文章

「さいきん。パパとママが、カナちゃんとわたしのはなしをよくしています。パパたちは、わたしのスケッチブックを見たみたいです。そうして、わたしがカナちゃんとあそぶのが、よくないことだとおもっているみたいです。カナちゃんは、わたしの、はじめてのおともだちなのに。

そのことをカナちゃんにはなすと、カナちゃんはとてもおこって、二かいのまどガラスをわって、二かい中をすごいいきおいで、とびまわりました。カナちゃんがおこると、とめられないことがあります。わたしはパパもママも大すきなので、カナちゃんにあのいじめっ子の時みたいなことは、してほしくありません。

パパたちが、ケガをしたり××××どうしよう（一部判読不能）。わたしは、とてもしんぱいです。わたしはとてもとてもしんぱいです。でもカナちゃんはゆ××××××

××やめて××××××××と（一部判読不能）

「どうだ？」

すべての絵と文章を岩浪さんがデジカメに収め、紙の束を返却したとたん、Gさんの口から質問が発せられた。

「どうだと言われても。今の時点では、何とも言えないよ、G」

岩浪さんは、すっかりぬるくなってしまった酒を店の人間に片づけてもらい、冷えたおひやを頼んだ。

喉がむしょうに乾く。酒のせいだけとは思えなかった。

「念のためにもう一度尋ねるけれど。実際、近所でこの絵にあるような大怪我をした子供がいたんだな？」

「うむ。一方の足を複雑骨折して――入院したよ。たしかに、うちの娘をよくいじめていたようだ。詳しいことは分からないが怪我は回復しても、何か精神的なダメージが大きいようだ。どうして、そんな怪我をしたのか状況も話せないくらいにな。親御さんとも連絡がつかない。今のところ、それ以上は調べようが、ない。探偵でも雇えば別だろうが」

岩浪さんは、もう何度も使ったおしぼりで顔をごしごしと拭いた。

「探偵か。並の探偵さんが、この件で役にたつかな……。他の事故なんかも、裏づけがとれないんだな？　こっちの絵のテレビ番組の方はどうだ？」

デジカメに収めたばかりの〈第八の絵〉を示しながら、岩浪さんは質問を重ねる。

「ネットでそれとなく捜したんだが――自分には特定できなかった。お前なら分かるかも知れないが」

「そうか。それから最後の、ガラスの件は？」

「それは本当だ。三日前だったかな。すごい音がして妻が二階に行ってみると、座敷のガラス戸が全部、粉々になっていた。娘が廊下から怖々と座敷を見ていたそうだ。どうしてあんなことが起こったのか、わからん。取り換えに来た業者も前例がないといっていたな。『かまいたち』でも起こったみたいだと」

「何が起こったのか、分からない――か。ある意味ここに、ことこまかに何が起こったのか記されているんだがな」

「おい、よしてくれ。それでなくても、その絵を見てから――その、何というか」

「ああ。分かる。子供の想像力が侮れないといっても、こいつはちょっとな。絵も文章も、何だか迫ってくるものが、ある。そいつは確かだ」

「岩浪……」

岩浪さんは、また顔を拭く。

「だからといって、ここに記されていることを鵜呑みにするのは愚かだ。常識的に考えれば、やはりこいつは心理カウンセラーの扱う分野だろう。あるいはさらに専門的になるかもしれないが」

「…………」

「内向的な娘さんが架空の友達をつくった。そこまではいい。だが、この絵や文章を見る限り。しばらく様子を見るという段階ではない——と、俺は思う。あくまでも仮の話だが。偶然、そこに居合わせた友達の怪我や事故を、娘さんが〝カナちゃん〟という架空の友達のしわざとして認識しているというのなら——本当にそう思いこんでいるのならそれはそれで大ごとだ。けれども、最悪の場合というやつも、俺はこの際、考えておくべきだと思う」

「ううむ……」

岩浪さんは、Gさんの娘が直接あるいは間接的に、一連の絵に描写されている怪我や事故に関わっている可能性を示唆した。

　小学2年生。子供は、大人が思うほど天使でもなければ無垢でもないのだ。

　この絵に描かれている無惨なことごとのいくつかに、Gさんの娘が直接手をくだしていたとしたら。

　そうして幼いながらも罪悪感を糊塗するために〝カナちゃん〟という想像の産物のせいにしているとしたら？

「早急に専門機関か、しかるべきところに相談するべきだろう。俺の人脈で信頼できるところを数日中にリストアップするよ。それで、何もかも安心というわけにはいかないだろうが」

「すまない岩浪」

　Gさんは頭をさげた。

「けれども、さっきも言ったが。俺自身、今の時点では何とも言えんし常識論からしか援助のまねごとはできないが。…………〝カナちゃん〟な。こいつは、本当に娘さんの想像の産物。そうなのかな。それで終わり、なのかな？　いや、お前を不安にさせるだけだとは分かっているし、馬鹿げた考えだと思うんだが、どうも——ひっかかる。ライターの勘なんて言ったら、不謹慎に聞こえるだろうが」

「ううむ」

Gさんも娘の心の異常を懸念する一方で、岩浪さんと同様の疑念を抱いているようだった。

「とにかく今日はもう帰れよ。その絵も勝手に持ち出してきたんだろ？」

「実はそうなんだ」

「娘さんに怒られるかもしれないぞ」

ことさらに、よどんだ雰囲気を少しでも明るくしようとそう言った岩浪さんだった。が、Gさんは沈痛に言うのだった。

「いや、怒るとすれば——〝カナちゃん〟の方だろうな」

がしゃん！

とうとつに店のなかで、鋭い音が響く。

調理場の方で——何か大きな容器でも落としたようだ。かすかに言いあっている声が伝わってくる。

「馬鹿やろう。何してやがる。仕込みがだいなしじゃあないか！」

「え、でも、こいつ。勝手にっていうか突然割れたんですよ。何も、ぜんぜん、手も触れてないんですよう！」

岩浪さんとGさんとは顔を見合わせ、しばらく黙りこんだ……。


結果から言えば岩浪さんがGさんのために奔走することは、ついになかった。準備を整えていた矢先。そう、再会の日から三日後だったか。

岩浪さんの仕事場とは名ばかりのアパートにGさんから封書が、届いた。

あれだけ深刻な様子だったにもかかわらず、メールでも電話でもなく「封書」というのが、まず違和感があった。

その内容は？

先日の依頼のことは忘れてほしい。自分の軽率な思いこみで迷惑をかけた。今は心配してもらうようなことは何もない。娘も今は普通であるし、家のなかは安泰だ云々。それから悪いが、拙宅の訪問などは遠慮してほしい。娘や妻は自分が騒ぎたてたせいで、少々来客に対してデリケートになっている。どうか心中を察してほしい――云々。

岩浪さんは当惑した。

憔悴した様子で自分に頼みこみ、日を置かずにそれを覆す。

彼の知っているGさんは律儀で情にあつい人間であった。こんな朝令暮改の真似事をするような人間では、けっしてない。

当然、岩浪さんはGさんと連絡を取ろうとした。

けれども自宅にはいつかけても電話は留守電にすらつながらず、出したメールは返ってこない。思いあまって工場の方にかけても、受付の女性社員が、「社長は不在です。帰社時刻は未定です」などと、冷たく言い放つ始末。

一体、どういうことなのだろう。変心する理由があったとしても極端すぎる。ましてや今回の頼みごとはGさん本人に関することではなく、愛娘に関することだ。異常な不安感を放つ、あの絵や文章の写真は手元にある。Gさんが思い悩んでいた通り、数日での好転などありえようはずもない。にもかかわらず、この展開は？

岩浪さんはしかし、その煩悶すら遮られてしまう。

なぜならG一家が、行く先を告げずにいなくなったという報せが、飛び込んできたから。

岩浪さんは、すぐさまGさん宅近くまで駆けつけ——いくつか情報を得ることができた。

近所の人々が、夕刻に自家用車に乗りこむ一家に偶然、会っていたのである。

その内の一人によれば。Ｇさんとその奥さんは、まるで近くのコンビニに行くみたいな軽装であったそうだ。

にもかかわらず、これから家族で旅行に出かけるんです、などとつぶやいていたと。

虚脱した表情で、口調も棒読みだったとか……。

さらに車の後部座席には、泣きそうな顔をした娘がシートベルトをして乗っていたそうだ。

そして娘の隣には、ボロボロの大きなぬいぐるみが置いてあったらしい。

目のところが、まっ黒な。車の天井まで届くほどの「ぬいぐるみ」らしき「もの」が。

仕事場に帰ってきた岩浪さんは例の封書をもう一度、つぶさに見てみる。

初見時には気がつかなかったが、不自然な箇所がいくつも見受けられた。

まず、字だ。あるものは大きすぎ、あるものは小さすぎる。統一感に欠けている。それに最後の方は、筆圧が強すぎたのか、紙を貫いている。いくつもいくつも。

どうやったらこんな穴が、いくつもあくものか。

まるで第三者がすぐそばにいて。むりやり書き手の腕を動かして文字を書かせたような――。

キッ。

キキキキキキキキッ！

と、部屋のなかで甲高い、嗤い声のようなものが聞こえた。

岩浪さんは思わず封書を携えたまま、あたりを見回す。

何もいない。部屋のなかには彼一人きり。


Gさん一家が行方不明となり、時間が経った。

事件性は薄いということで警察は動いてはいない。

岩浪さんには、Gさんとその一家には二度と会えないだろうという確信めいたものがある。


〝カナちゃん〟――と、Gさんの娘が呼んだ架空の友達。

はたして架空の存在だったのか？

もしも。ありきたりの家庭に隙間風のように入りこんで。家人の一人をまず影響下に置き、じょじょに我々では推し量ることのできない毒素じみたもので、その家庭そのものを――そうしてその周囲をも――浸食してゆく。

そのような「モノ」がいるとしたらどうだろう？　これを何と呼ぶべきか。

少なくとも「お友達」などではない。絶対に、ない。

人を呪い、もてあそび、嘲り——害をなす。

そのあげく、この地上ではないどこかに消し去って痕跡も残さない。

何であれ、そいつとはお近づきになりたくない。そいつが傍にいないのは幸いだ。できれば生きている間中、ずっと。

岩浪さんは心のそこから、そう思うのだ。

ソファーで眠ろうとすると、耳元で誰かがささやく気がする。

おそろしく甲高い声で、おそろしく早口に。それから………嗤い声も。

そんな気がする夜などは——とりわけ。

そこには、ない！（零丁目無番地）

「なんだよ。寂しい駅だな」

ホームから地下通路を抜けて——改札を出た矢田君の第一印象だ。

矢田君は、最近つきあい始めた彼女と大阪市内で行われる夏の野外イベントに赴くため、北大阪の「この駅」に降り立った。

彼女が暮らしているから、ただそれだけの理由で待ち合わせに選ばれた「この駅」は、彼にとって通学コースとは逆方向で馴染みはない。降りたのも今日が初めてだ。夕刻であったが、まだ強い陽射しが降り注いでいる。

「そりゃ駅名くらい路線図で知ってたけどさあ。駅も無人駅。あいつも何で、こんなところに暮らしているんだ？　改札を出て、ぱっと見ても何もありゃしない。物件とか格安なわけ？」

矢田君の愚痴にしか聞こえない感想は、しかし正確とは言えない。

寂しいといっても何もないわけではない。

駅周辺には、ずいぶん年季の入った集合住宅が林立している。以前は賑わっていたのかもしれないが、今現在はうらぶれている。最近、社会問題として取り沙汰されている、老朽化団地の一つということなのだろうか。

スーパーや商店街のたぐいは見当たらず、ちらほらある店舗はほとんどがシャッターを閉めている。

セイタカアワダチソウが生い茂るフェンスに囲まれた区画が、やたらと目立つ。

「駅前で待ちあわせって言ってたけど——時間、早いよなあ。あいつ、時間にルーズだし。え〜。30分以上あるのかよ。このサウナみたいな熱気の中で——かんべんしてくれよ〜」

普通だったら冷房めあてにゲーセンか、ショッピングセンターのたぐいで時間を潰すところだ。

ところが、ここにはそんなものはなく、望みようもない。

「コンビニの一軒くらいあってもいいよな。あんなに集合住宅があるんだから」

矢田君は待っている客もいなければ、おそろしく本数の少ないらしいバスターミナルを抜けて通りに出る。

家路をたどる人たちの影が数人、見えるだけ。車もまばらにしか通らない。

「コンビニもないのか。どんな罰ゲームなんだ……」

と、何となく後ろを向いた矢田君は、通りからゆるやかなくだり坂になっている道があることに気がついた。

ありがたや。坂の下に見慣れたコンビニのマークがあるではないか。

「助かった。この熱気のなかで立ちすくんでたら、熱中症確実だよ。まず冷房。それに冷えた飲み物ってか」

矢田君は地獄に仏とばかりに坂を下っていった。

周囲は明るいとはいえ、夜闇は確実に迫ってくる。

そのなかでコンビニは、ぼんやりとしたシルエットを浮かびあがらせていた。

意気軒高と、コンビニに近づいた矢田君であった。

が。

ドアは自動ではない。内側からも外側からも押せば開くタイプだ。それはいい。

彼は一歩、店内に入って。「ふつうではない」と感じた。

………おなじみのコンビニとは、まったく異なる感覚を。

「寒いな」

思わず彼は、そうつぶやいた。コンビニはたしかに冷房が効いていた。

いや、効きすぎている？

巷では節電が叫ばれるご時世だというのに……？

「この寒さ。クーラーとはちょっと、ちがうんじゃないか？」

そうなのだ。さっき通ったばかりの駅の地下通路。そこの少しばかりひんやりとした空気を百倍、いや二百倍にしたら、こんな感じになるんじゃないか？

「どこの店だったか。試験的に地下水をくみ上げて、そいつを循環させる冷房設備を使っているという話を聞いたことがあるけれど——まさか、ここが、そうじゃあないだろうな」

ふつうではないのは、電灯もだ。

たしかにすべて点灯してはいる。けれど何だか店内がすすけて見える。隅などは物の輪郭がおかしく思えるほどに。

「こいつも節電？　ちがうよな。弱照明のＬＥＤでもない。だったら、わざとこんな照明を選んだのかよ？」

だがしかし。それ以上におかしいのは店内の商品だ。

ほとんど…………何も、ないのである。

入口近くの生活用品コーナーは、まだいくらか商品が陳列されている。

ただし、どれも汚れがついていたり、埃が上に溜まっていたり……。

「店員は何をしてるんだ。ここが直営店か、そうでないか知らないけど」

レジを見ると入口付近に男性店員が、そうして奥には女性店員がちゃんと立っている。

若い——矢田君とあまり変わらない年齢だ。けれども、立っているだけと言ってもいい。

彼が入ってきても、「いらっしゃいませ」と声をかけるでもなし。何か、うつろな目でずっと……天井の一点を見ている。

「給料——いや時給泥棒かよ。それはそうと冷たいものくらいあるんだろうな？」

食品コーナーの棚に向かった矢田君は、絶句した。

何も——ない。

冷蔵スペースには、酒類はおろか缶コーヒーも、ペットボトル飲料もなかった。

乾麺のたぐいもまったくない。パンも菓子類も。

スイーツの類いは言うまでもない。惣菜、コンビニ弁当、おにぎり——そんな「必須商品」すら、ない。ただの一つも。

その異様な徹底ぶりに、矢田君はあきれるのを通りこして不穏な何かを覚えた。

「何なんだよ。こりゃあ？　まさか知らないうちにナントカ指示だか勧告だかが出ていて。近辺の人間が買い占めていった後――じゃあ、ないよな？　だったら、この店は一体？」

外見は確かに大手のコンビニのそれだった。

店員の業務服もおなじみのものだ。と、するとこの店は。ひょっとすると新規開店前なのか？

だが、もしそうなら内装は真新しいだろう。

それに間違っても半端に置かれている商品が汚れていたり。ましてや埃をかぶっているなんてことはありえない。

生き馬の目を抜く熾烈な業界だ。たとえ、こんな寂しい駅の近くであっても、そんなことは絶対にないだろう。

「なら、このコンビニは」

がらんとした食品コーナーから離れて雑誌コーナーを見回してみる。

ラックに挿してある本は十数冊もあるかどうか。それでも食品よりは、はるかにマシといえなくもないが。

（開店前じゃあなくて、店じまい？　そっちの方がしっくりくるな。とはいえ、仮に今日

で閉店だとしても、この品薄と汚れぐあいは異常だ）

彼は、何となく雑誌の一つを手にとって――驚いた。

それが埃まみれだったからでは、ない。

「何だ、こりゃあ！　平成――何年だって？」

その雑誌は、10年近く前の代物であった。

他の雑誌もそうだ。中には出版不況でここ数年内に廃刊になったものさえ、ある。

「どうなっているんだ……」

品が皆無に等しい食品コーナー。埃をかぶった生活用品コーナー。そうして廃刊になったはるか昔の雑誌を挿している、雑誌コーナー……。

「好奇心はナントカを殺すっていうけど」

矢田君は意を決したように、レジの方に向かった。

確かめずにはいられなかったのだ。

棒立ち、としか形容のしようのない男性店員に矢田君は話しかけた。

「あのさ」

「…………」

「このコンビニ。ホントに営業してるんですかね？　置いてある商品は、埃まみれ。飲み食いできるものは、何一つない。おかしいよね、ここ？」

店員は何も答えない。反応しない。

うつろな目で天井の一点を見つめているだけだ。その態度は、矢田君をやや憤らせた。

彼でなくともそうだったろう。

「何、その態度。ガン無視？　態度わるいなあ。それとも、何？　ここはそもそもコンビニなんかじゃないわけ？　模擬店か何か、ですかね。何かの番組の演出の一環とやらで、時代遅れのドッキリカメラでも仕掛けてるとか、なんとか。それともＡＶ撮影用の店舗セットとかさ。……ああ？　おい、何とか言ったらどうなんだよ？」

「………………」

まるでマネキン人形のように、店員は何を言われても身じろぎ一つしない。

いや。ちがう。

よく聞くと。その口からは、かすかにうめき声のようなものが漏れている。

それとも、うなり声と言った方がいいものか？

ううう。ぅぅぅぅぅ。ウ――――ッ。

う、う、う、う、う、う、う、う…………

（何だ、こいつ？　ヤバイんじゃ、ないの？）

「キャハハハハハハ！」

突然。店内一杯に、けたたましい笑い声が響きわたった。

矢田君は、そちらに顔を向ける。

奥にいる女性店員が、身体をのけぞらせて哄笑しているのだ。そのくせ顔は、相変わらず無表情のままで。

「キャハハハハ！　キャハハハッ！キャハッ！　アーーッハハハハハハハハ!!」

（芝居？　ちがうだろ。こいつら――本気でヤバイ）

薬。脱法ドラッグ？　いや、それ以上に頭の心棒というやつが抜けている？

（ここが何であれ、これ以上関わるとまずい。この二人がマジにソッチ方面なら、もっと危ないヤツが奥にいる可能性だって）

あり得る。

矢田くんは哄笑が響き渡るなか。それ以上二人を刺激しないように、入ってきた戸にじりじりと向かった。ガラスの向こうは闇が迫っている……。

（いつの間にかロックされてる。なんてことは、ないだろうな？）

幸い戸は造作もなく開いた。彼は身体を叩きつけるようにして、そこを出た。

と。

彼が一歩、店の外に出たとたん、ぶつんと、哄笑が途切れた。

それだけではない。背後が真っ暗になったのだ。

足元もおかしい。コンビニならば、出入口の前はタイルやアスファルトの感触でなければならない。それが、全く別のものになっている？

やわらかい……土の感触に。

「え？　ハッ!?」

振り返った矢田君が目にしたのは――セイタカアワダチソウが茂る、空き地であった。

そこにはコンビニの影など、どこにもない。

…………どこにも。

「えっ？　ええ？」

何が起こったのか、全く分からない。

たった今まで彼は、アブナイ連中のいるコンビニモドキのなかにいたのだ。

1メートルと離れていないし、20秒も経ってはいない。たとえ仮設店舗でも、その間に姿を消すなど不可能だ。

だったら……。

♪ちゃらら～～～ちゃ～～ん！

まるで見計らったようなタイミングで、ケータイの着メロが鳴り響いた。

ゆっくりとした動作で機械的に耳に持っていったケータイから、矢田君をなじるキンキンとした声が飛び出してくる。例の彼女だ。

「ちょっとお。何してるのよ。もう時間、とっくに過ぎてるじゃない！　今、どこにいるわけ？」

「い、今――？」

聞きなれた声を聞いて、多少自分を取り戻した矢田君はやっとの思いで応えた。

「お。お前が指定した××駅の――そうだ。近くのコンビニに……」

(その、コンビニはなくなっちまった。どっかにいっちまった)

ケータイの向こうの彼女の声が、するどさを増した。

「はあ？　何、寝ぼけてるのよ。私が言ったのは、そこから一つ手前の○○。××なんかじゃないわよ」

「え？」

つまり、待ち合わせの駅とは、別のところに降りたのか？

「それに、コンビニってなに？　その駅のまわりにコンビニなんてないわよ。一軒もね」

その言葉に矢田君は反応した。反応せざるをえなかった。

「そう。そうなんだ。聞いてくれよ。今さっきまで、コンビニにいたんだけどさ。そのコンビニというのが」

けれども彼女は、矢田君が最後まで喋るのを許さない。

「だーかーら。寝言は寝ているときに言いなさいって。ママに教わらなかった？　たしかにね。昔、そのあたりにコンビニがあったけど。もう、ずーっと前よ」

「ずっと——前？」

「そう。聞いた話だと電車が走ってる高架橋っていうの？　あそこから鋼板だったかな？　とにかく物騒なものがはがれてコンビニを直撃したって。あれって、すごい重さなんでしょ？　まあ客に被害はなかったけど、店員が二人か三人、大怪我をしたとか、死んだとか」

「て、店員が二人だって？」

「何、興奮してるのよ。それでケチがついて上層部の判断ってやつ？　その駅そばから撤退しちゃったって。以来、ゲンをかついでいるのか知らないけれど、どのコンビニも出店しないらしいの。迷惑よねえ。住んでる人には、さ。そのあたり、ショッピングセンターもスーパーもないみたいだし。ま、とにかく、昔の話よ。10年くらい前かしらね。廃店になったのは」

「廃店……」

矢田君は眼前に広がる空き地を見つめながら、その言葉を繰りかえした。

「ちょっと。聞いてる？　別の駅にミスって降りちゃって。その上、見え見えのウソまでつくなんてサイテー！　聞いてるう？　ねえ。ちょっとお。聞いてるのお！」

彼はもう、彼女の声を聞いてはいなかった。

耳のなかには、ザワザワザワザワ――セイタカアワダチソウが、なびく音が入ってくる。

熱気ばかりで風など全く感じないのに。

涼しくなって――彼女と別れた矢田君はキャンパスでまじめに講義を受けている。

病院畸話

南原さんは、高齢の主婦である。

その彼女の旧い友人（南原さんが勤め人だったときの先輩）が、入院してしばらく経つ。

主要臓器に悪性の腫瘍が転移しており、おそらく年内もつかどうかという状態であったようだ。

南原さんは時間と家族の理解が許す限り、友人が入院している病院に通った。

病室は4人部屋だが、ベッドも大きく、備えつけの備品等は私物もかなり収容できた。

末期患者は投薬にもよるが、本人は痛みをほとんど感じない時期や場合がある。

南原さんが訪れると友人はにこやかに歓迎し、他の見舞い客からの菓子類を、これも食べろ、あれも持って帰れと勧めてくれる。

長い歳月のつきあい――思い出の数々が次々と思いおこされる。

その上で残された時間が、わずかでしかない友人のことを思うと。明るくふるまうことが最上だとは頭で分かってはいても、ともすれば泣きだしそうになる南原さんであった。

「ところでねえ。ここの看護師さんたちは、それはそれは面倒見がいいのよ」

友人はそんなことを言う。

末期患者に、ことさらにつらくあたるような看護師はいないだろうと思いながらも、いい病院にあたったわね、と南原さんは応じた。

「そうなのよ。何人も何人もいっしょに来てくれて、欲しいものはないか、とか。してもらいたいことはないか、とか。表情も、にこにこにこにこ。それは行き届いているの」

「へえ。一度に何人も?」

「そうよ。どこも看護師不足で――ほら、待遇の改善運動とかやっているんでしょう?それなのに、ねえ? 無理して来てくれるのかしら? でもね」

「でも?」

「私一人のために、すみません。って朝の検温のときに顔なじみの看護師さんに言ったら、変な顔をされてね。『それって、本当ですか? まだ、そんなことが――ちゃんと専門家にやってもらったのに』なんて言うの。おかしな言い方よね。どういう意味かしら。ねえ?」

「ふうん」

「それに、おかしいといえば。看護師さんたちが一斉に来るときは、服装がふつうのそれとは違うの」

「服装が？」

「ええ。顔なじみの看護師さんたちとはデザインと色合いが、ぜんぜん違っていたり。私服じゃないかと思う派手なものもあったり。研修生なのかしらねえ。それとも役職で違うのかしら」

「……そうかもしれないわね」

南原さんは全肯定で話を聞いていた。

確かに役職によって若干の差はあるだろう。

あるいはカーディガンくらい、はおるかもしれない。

けれど通常、それほど様々な看護師服が同一の場所で使用されるはずは、ない。

まして——私服などは。

（何といっても末期患者なのだから、投薬の影響で夢と現実とをごっちゃにしているのかもしれない）

他の三つのベッドは、大抵カーテンが閉じられていて静かだ。

見舞い客も見たことがない。

おそらく——友人よりも重篤な症状なのだろう。

この病室に入っているのは余命の限られた人々のはずだから。

けれども友人に言わせると、それらのベッドにも「親切な看護師さんたち」が訪れることがあるという。

一斉に。大勢で。にぎやかに、だ。

（そんなことを言いだすようじゃあ、彼女も、もう）

南原さんはそう思った。思いこんでいた。

……その日のお見舞いは夕方を少し、過ぎてしまった。

通いなれた廊下をいくつも折れて、南原さんは友人の病室に入った。

珍しく、ベッドのまわりにはカーテンがきちんと閉め切られている。

（あら。清拭かしら。それとも何かの検査？）

南原さんはカーテンの下を見た。床との間には隙間があり、友人のベッドのそばに誰かがいるのが分かる。

（看護師さん？）

けれども、変だ。数が——数が多い。

ベッドのまわりを囲むようにして、一体何人いるのか。

それにだ。服の裾からのびた足には、ジーンズやら黒のストッキング姿。はては素足の者すらいる。

汚れた裸足の。

まさか。そんなことが病院内でゆるされると？

先日の友人の話が、ちらりと頭をよぎる。

（彼女は言っていた。「いっせいにやってくる看護師」たちは様々な服装をしているって。中には私服としか思えないものまで……）

服装もだが、この人数は異常としか言いようがない。

男性女性とりまぜ。足の数から推して十数人。いや、それ以上？　二十人？　いや、もっと？

それだけの数の人間が、カーテンを閉めたスペースのなかにおさまる道理はなかった。

無理をして入れば。カーテンは人型に凸凹になって、いびつに膨らむことだろう。

なのに、それは何事もなく垂れている……？

「ヒッ！」

病室の入り口で、顔を見知っている看護師がへたりこんでいた。

そばには食事を載せたカートがある。どうやら、看護師も南原さんと同じものを視たらしい。

気丈な南原さんは、意を決して目の前のカーテンを一気に開けた。

中のベッドには、友人がいつものように半身を起して横たわっていた。その周りには誰もいない。

他には誰一人…………いない。

「あら、B子（南原さんの名前だ）。今日は遅かったのねえ。でも、ちっとも退屈しなかったわよ。今日は特別たくさん――それはもう、たくさん、看護師さんたちが来てくれてね。それはもう、たくさん、たくさんね！　ああ、にぎやかだったわ。それはもう、ねえ」

「…………」

立ちすくむ南原さんの背後で、カートにすがるようにして、蒼い顔の看護師がぶつぶつと何かつぶやいている。

「方角」とか「集まってくる」とか「裏に貼ってあるアレを、貼りかえてもらわないと」という言葉が、切れ切れに耳に入ってきた。

……友人は、その深夜急変し、帰らぬ人となった。

「いい病院にあたった」と信じて逝った友人は——なるほど幸せであったかもしれない。

南原さん自身は自分に何かあっても、あの病院にだけは決して運ばないように。そう周囲の人間に訴えはじめている。執拗に。

塩をまく人

今年から社会人になった三井君だが、勤務は激務の一言であった。

毎日、帰宅時間は遅く、終電に乗ることなど珍しくもない。

不景気など嘘のように忙しいが、これで会社は儲かってはいないという。あまりの激務に三井君は頭のネジがどうかなりそうであった。

初夏も近いというのに肌寒い日が続いたある日。

駅から降りた三井君は社員寮への道で、ある「もの」と、あることをしている「人」に気がついた。

帰り道の途中、いくつめかの角に空き地がある。

ちょうどコンビニがおさまりそうなスペースに建物があった。プレハブというには頑丈なつくりだが、個人の住宅やテナントビルのたぐいと呼ぶにはシンプル過ぎる——雑な造りだ。

草の生えた、アスファルトの上に建つそれ。

貸し店舗の看板も見当たらず、人気もない——まさに廃屋としか形容のしようがない。

朝や昼間はともかく、終電の時間帯に見ると、実に気味がわるい。

それにくわえて、そこには何かをまいている初老の男性がたびたびいるのだ。

携帯した袋から、アスファルトの上にまいている「もの」を朝にあらためて見ると、それは白い粉のようなものだった。

最初三井君は、除草剤のたぐいかとも思った。が、男性は素手でそれをむぞうさにも思えるしぐさでまいている。

さらに除草剤にしては、あまりにもまく頻度が多い。

(除草剤じゃないな。あれも使い方では危険だろうし。そんなものを大量に？　ここは、一般の住宅の多いところだぞ)

では、男性がわざわざ深夜をえらんでまいているのは何なのか。

まさか、この季節に凍結防止剤でもあるまい。

いや、そもそも男性は何者なのか。

廃屋の建っている土地の管理人か何か？

それとも。彼はいわゆるイタイ人か電波な人で、あの行為には何の意味もないのだろうか？

「あのう」

「うん？」

「近所に住んでいる者なんですけれど。どうにも気になって。いつも、この時間にここで何かまいてますよね。それって、薬剤か何かなんですか？　不都合がなければ教えてほしいんですが。何をなさってるんですか？」

三井君は、性格的に好奇心が強かった。

思いきってたずねてみた彼を、男性は無視しなかったし怒気をあらわにすることもなかった。

「まいているものが気になるかね？　……塩だよ」

「塩？」

なるほど。そう言われればそう見える。

考えもしなかったので、完全に候補から外れていた。

「はあ、塩ですか。それは、その。雑草を生やさないためですか？」

「あんた、この近所に住んでるって本当かい。ここで何があったのか知らないのか？」

「すみません。向こうに社員寮がありまして――そこに入って間がないもので」

男性は、彼の言う塩をまく腕の動きをとめた。

「……あの廃屋な。元はコンビニで、かなり広かった。その後、いろいろうさんくさい業者が実演販売のにわか会場として使っていた。知ってるだろう？　あやしげな健康器具とか、不治の病に効く水だとか」

「はあ。まあ」

「それだけでも問題なんだが。ある時、火を出しちまいやがった」

「火？　火事ですか」

「ああいう業者にはモラルなんてものはない。自分たちはいちはやくトンズラしやがって、後にはカモにされる予定だった中高年の女たちが取り残された。何人逃げおくれたかな。中を細かく間仕切って使用していたようだ。時刻も遅かった。そのため火事で照明が落ちてまっくらになると、みんな出口を見失った。さらに悪いことに業者が狭い通路に大きな段ボール箱を積み上げていてな。結局、通路に折り重なるように――」

「……ひどい話ですね」

「ああ。ひどい話さ。ハナから実体のないような連中だ。責任者が誰かも、はっきりしない。補償も何もあったものじゃない。死んだヤツは死に損。後遺症が残った者は、目もあてられない」

「まったく、ひどい話だ」

「しかし、何とか庁ができようが、何とかセンターができようが、それが現実さ。まあ、それはともかく。以来、あそこはご覧の通り廃屋なんだが、どうにも近辺じゃ噂が絶えない。あんたの耳には、まだ入ってないようだがね」

「噂?」

「あの中から夜中に、わっと歓声のようなものが聞こえてくる。汚れた窓から付近の住人がのぞいてみると。整然と並んだパイプ椅子に、ずらりと人影が座っている……。とかさ。もうろうとした姿の連中が、大勢あそこに入っていったり。事故も増えたな。トラックが突っ込んだこともあった。こんな——見通しのいい道でな。運ちゃんの横に乗せた覚えのない中年女が座っていて、にっと笑いかけたそうだ。女の顔がどんなだったか、知りたいかね?」

「…………いいえ」

「で、まあ。おれとしちゃあ、おれに出来ることを、こうやって続けてるわけだ。ささやかなことだよ。ホントにな。効果があるかないか、そいつは知らない。けどな。何もしないよりは何かした方がいい。そうは思わないか」

「……思いますね」

三井君は、その場を離れた。

彼はその後も男性の姿を見かけるというが、廃屋の怪事とやらは一度も目にしてはいない。噂というものも耳に入ってこない。

男性の努力とやらが実って、怪事をかろうじて鎮めているのか。

それとも、すべては男性の頭のなかだけに存在するものなのか。

今のところ、三井君には判断できない。

トンネル前ゲート有り

元号が平成から令和へと変遷した今も、いたるところに昭和の雰囲気が残っている。

たとえば鉄道が走る土手の下に設けられた、車両・通行人兼用のトンネルなどがそうだ。補強はもちろんされているが、内部には中央に蛍光灯が一つあるだけ。しかも漏水だろうか、あちこちに水がたまっている。

トンネル自体はごく短い距離だが、うす暗くて不便という以前に——気味が悪いことが多い。近くの住民ですら敬遠するほどに。

そんなトンネルが閉鎖の憂き目を見なかったのは、車を足にする者にとってはしばしば——土手の向こうにある主要道路への「抜け道」だったからである。

そこを使わないと、ある方向に行くには大幅に迂回しなくてはならない。

都内近郊のR市に住む越野さんも、そんなトンネルを利用する一人だった。

彼は一年ほど前に某企業に属する研究所へ赴任してきた。場所柄、出勤のためやむなく慣れない車通勤を始めることとなる。しばらくたった頃、同僚から便利な「抜け道」があることを教えてもらい、以来、毎日のように使用していた。

（それにしても、このトンネル。いくらどこも緊縮財政といっても程度があるだろ。天井は低いし泥水ははね散らかす。おまけに何というか……ここに入ると、どんなに天気のいい日でも瞬間的に気がめいる。こいつは一体、何なんだろうな？　くわえてトンネルの両側にある「車高制限何とか」って書かれたプレート付の、ばかでかいゲート。あいつがまた、目に入ると厭な感じだ。意味もなく厭な感じがしてたまらない。う～～ん。まったく、何なんだろうな）

そのトンネルが「抜け道」であることを知っている者は、大勢いるようだ。

通勤時間帯などは越野さんの前に後に様々な種類の車両が並ぶことになる。

今のところ混雑というレベルではなかったけれど。

（冗談抜きでそのうち、こっちの方が渋滞しかねないな。そんなことにでもなったら、まったくもって本末転倒じゃないか。ちっ！　日本人というやつは付和雷同して、どうしようもない）

自分のことは棚にあげて、そんなことを考える越野さんであった。

そんな――くだらないことを考えているうちは、よかったのだ。

……通勤時に「抜け道」を使うようになってから、どれくらい経っていたものか。

その日。越野さんはとりわけ業務が長引いた。

シフトの調整をし、翌日は昼過ぎの出勤ということにした彼は、眠い目をこすりながら愛車のハンドルを握っていた。

(車は研究所に置いてタクシーか何かで帰るべきだった。何なら仮眠室で休んだってよかったんだ。事故でも起こしたら——洒落にならないぞ)

そうは言っても彼は一秒でも早く、現在住んでいる幹部職員用の社宅に帰りたかった。広々とした寝室の大きなベッドにもぐりこみたかった。

(ん?)

眠気と不毛に戦っていた越野さんの車は、例の「抜け道」——トンネルのあたりにさしかかっていた。

(こんな時間にこっちに折れるのは初めてだが、問題ないだろう。こっちは歩きじゃあないし、通り抜けるのはアッという間だ。短いトンネルだからな。たとえ——気にくわないとしてもだ)

時間が遅いためか後続の車両は見当たらない。そうして前方には……?

（あの車。ひょっとして事故か？　事故ったのか？）

トンネルの入り口。もっとも、トンネルの入り口は反対側から見れば出口でもあるわけだが――そこに一箇所だけあるオレンジ色の野外灯に照らされるようにして、小型車が停まっている。

狭い道ではあるけれども、その脇を進むのに特に支障は、ない。

不審なのはどう見てもその小型車が、トンネル前のゲートと接触しているように見えるからだ。それも乗りあげるようにして。

（こんなところで、あんな風に車を停めて一服するやつはいないだろう。何があったのか確認、するべきだろうな。しかし……）

越野さんは愛車を停め、用心しながら車から降りた。

その手には、大きな懐中電灯が握られている。こんなものでも、使い方によっては十分、鈍器のかわりになる。

仕事がら、あらゆる可能性を考慮する癖がついている。

見たところ相手の車体から白煙があがったり、オイルのたぐいが漏れている様子は、ない。

だからこそ、近頃の無軌道な連中のトラップという可能性も捨てきれない。

（エンジン音は聞こえない。車内に灯りも見えない……）

近づくにつれて小型車は、フロントガラスに蜘蛛の巣状のヒビが走っているのが見てとれた。前部も、ひしゃげている。ゲートの鉄骨らしい支柱は曲がっていないようだが、やはり、これは。

（事故か。ゲートに激突したのか。だったらドライバーは？）

電灯の光線を車内に向けて見る。頼りない野外灯では話にならないからだ。

……運転席と助手席に、人影が浮かびあがった。

若い男女だ。夫婦か恋人か――それは、この際、どうでもいい。

二人は血の気のない顔で、人形みたいに前方を凝視していた。うつろな表情だ。とても、うつろな。

「おい。もしもし。もしもし。聞こえますか！　大丈夫ですか？」

越野さんの呼びかけにも無反応。身じろぎすらしない。

ショック状態というやつだろうか。暗い車内は隅々までは見てとれない。どこかから出血しているということも考えられる。

ドアを開けようとしたが、びくともしなかった。

(窓ガラスを割るか？　いやいや、それじゃあ解決にはならない。プロの判断と技術が要るだろう。そう、通報だ。場合によってはレスキューが必要かも。それから、交通規制も)

車内の男女は相変わらず、身じろぎひとつしない。救い手の越野さんの方を、向こうともしない。まるで…………蝋細工か何かみたいに。

一方の越野さんは額に脂汗を浮かべながら、スマホをとりだした。

けれど。

(くそ。こんなときに――どうなっている？)

アンテナは立っている。機種は最新だ。なのに何度発信しても、ぶつンと、瞬間的に切れてしまう。

消防も警察も、番号案内すらも！　そしてこんなときに限って後続車の影もないのだ。

「故障か？　こんなときに……何とかの法則ってヤツかよ。まったくもって！」

越野さんが毒づいたとき。

彼は、土手に沿ってのびる横あいの道に近づいてくる光を見つけた。

一応舗装はされているが、こちらは付近の住人が主として使う、細い生活道である。

（何だ、バイクか？　いや、何でもいい。この際、第三者の手が要る。とにかく通報できないと話になりゃしない！）

越野さんは思わず声をあげて、その光の方に駆けだしていった。

「オ――イ！」

非日常的な状況に置かれると人間は、とにかく自分以外の誰かとその状況を共有せずにはおられなくなる。

その時の越野さんの心理が、まさにそうであった。

「オ――イ！」

近づくにつれてバイクは（幸運というべきだろう）白バイであることが見てとれた。巡回中の白バイ警官であろうか。

ふだんは、お近づきにあまりなりたくない相手であっても、今は地獄に仏。

「どうしました？」

トンネルから50メートルほど離れたところで両者は合流し、停まったバイクの警官は、当然のことながらたずねかけてきた。

個性にとぼしい顔立ちの、中年の警官だ。

越野さんは、手早く状況を警官に伝えた。

だがしかし。

警官の口から出てきた台詞は、越野さんの予想の斜め上をゆくものであった。

「ああ。あのトンネル前のゲートでね。ふうん。なるほど。…………でもね。そこに行っても、その車はもうないでしょうね。もちろん怪我人も——ね。十中八九、いなくなっている。……多分ね」

「何だって？」

越野さんは、自分の耳を疑った。この警官はぜんたい何を言い出すのか。

てっきり警官が血相を変えて、各所に連絡を始めるか、あるいは現場に駆けつけるとばかり思っていた越野さんは、思わず語調を荒げていた。

「あのですね。ひょっとして、私の言っていることを信用していないんですかね」

「いいえ。信用しますよ。あなたが見たものは、ね」

「とにかく現場はすぐそこなんだ。ごちゃごちゃ言っているあいだに、あそこに行きさえすれば」

「…………無駄でしょうね」

両者の間に沈黙が流れた。

「あんた、それでも警官か。職務怠慢じゃあ、すまないんじゃないか？」

越野さんは、様々な意味で爆発寸前であった。

けれど相手は、そんな越野さんの顔をじっと見て、こんなことを言いだした。

「あのトンネル前は、確かに以前は事故多発地帯だった。それは間違いない。トンネルの高さが中途半端でね。高さを読みそこねたトラックや何かが、よく事故ったんですよ。それで、あのゲートが作られた。ところが、こいつがまた難物でね。今度は、そのゲートの支柱に車がぶつかる事故が頻発した。後続の車両がまきぞえをくうというケースもありましたよ。両方あわせて、かなりの数の犠牲者が出ましたよ。それでも便利な抜け道だというので利用する者が絶えない。あなたもそうじゃないですか？」

「そっ、それは。今は関係ないだろう。それよりも」

越野さんの抗議に、しかし警官の話の腰は折れない。

「数年前にある対策措置をしてから、事故自体は大幅に減りました。いいことですよね。けれど、そのかわりみたいに、いつ頃からだったたか、今度はあなたみたいな人が出てきた」

「な、何？」

「……時刻は夕刻から明け方までが多いかな。トンネルの入口に車が停まっている。車種は様々ですがね。大抵、変なぐあいに停まっている。で、トンネルに入れない。あるいは入りにくいものだから、やってきた車は盛大にクラクションを鳴らすわけです。そんな時に限って後続の車がやってこないらしいなあ……。あなたも、そうじゃ、ありませんでしたか?」

警官の言葉に、越野さんは黙っていた。

「それで、ええと。そう、そのあたりで大抵の人は何かしら違和感を覚えたり、中には激昂して自分の車をおりて、その、道路をふさいでいる車の様子を見にいく。事故だと思いこむ人もたくさんいますよ。相手の車内は暗い。なのに、離れていても、なぜだか様子が見てとれるそうです。少ない時には運転席に一人。多いときには車内に、ぎっしりと人影がいるのが、うかがえる。なのに、いざ近づいて覗きこんで見ると――――誰もいない」

「待てよ」

「あなたが見た事故車――でしたか。そんなケースは、まだいい。妙な言い方ですがね。多分あなたは〈それ〉から離れても振り返らなかった……でしょう? でも多くの人の場合、見間違いだったのかと首をひねりながらいったんは離れても、すぐに振り返るんですよ。そうすると『ふつうではないもの』が見える。いやいや、その人の傍に立っていることも、ある。…………いつのまにか、寄り添うように」

「おい。待てってば」

「そいつを目の当たりにして、半狂乱になってその場から逃げ出し、丁度、今日みたいにたまたま行き合わせた私に飛びついて来た人もいましたよ。ええ」

「…………」

「まあ、体の半分以上が押し潰されていたり、赤黒いものでごわごわに固まった頭から、どろりと何か垂れている――そんな『モノ』が鼻先に浮かびあがったなら、誰だって――

――おかしくなるでしょうねえ……」

「あんた。頭の方は大丈夫なのか?」

越野さんは警官の話を聞いている間、ずっと思い続けていたことを、乾いた唇で言葉にした。

ふつうであるとかないとか、そんなレベルの話ではなかったからだ。

もっとも。彼の侮蔑の言葉にも警官の表情は変わらない。

まるで、つくりものみたいな顔――さっきの小型車のなかの男女にそっくりだと越野さんは思った。

「まあ、ご自由に解釈すればいいでしょう。この土手沿いの道は、担当の巡回コースに入ってはいるのです。私も地元の人間で、付近には親の代からの旧い知り合いもいるし。もっとも、あなたが呼び止めなかったら、ちょうどこのあたりでUターンするつもりだったんです。いつものようにね」

「……それこそ職務怠慢じゃあないか」

「ですから解釈はご自由に。それこそエライ人に言ってもらってもかまいませんよ。何ならSNSにでも投稿されますか？　とにかく私なら『抜け道』だろうと何だろうと、あのトンネルは使いません。そもそも、あのトンネル前のゲートに激突することは、もうほとんど不可能なのですよ」

「どういうことだ」

「さっき言ったでしょう？　ある措置が施されたって。詳しい技術は知りませんがね。軟質素材に取り替えられたのです。だから、あそこにぶつかって車体がひしゃげるなんてことは、ありえない」

「――え？」

越野さんは、警官の言葉に絶句した。

「まあ一応、一緒に確認はさせて頂きましょう。その上でエライ人に訴えるなり何なり、ご自由にどうぞ」

確かに――その警官が言った通りであった。

越野さんが警官と立話をしていたのは、長く思えたが実際は5分程度であったろう。

トンネル前に、ゲートの基部にのりあげた小型車など影も形もなかった。そもそもゲートは確かに根元まで軟質素材でできていた。

擦ったような傷ならいくらもあったが、たった今ついたようなものは見受けられない。

仮に小型車がその場を離れたというのなら、まず間違いなくその気配が、越野さんのいるところまで伝わったはずだ。

が、これも実際には無かった。

「この支柱。さっき触ったんだ！　あの時は確かに鋼鉄みたいな感触だった。ひんやりしていたんだ。ひんやりと……」

「それは、そうかもしれませんね。そんな話なら、たくさん聞きましたよ」

警官は、それみたことかと鼻で笑ったりはしない。その表情は硬い。

「それじゃあ、私が見たものは。遭ったものは。いや、そもそも、このトンネルにあんたがいう通りのことが起きるというなら、ここはいったい――？」

様々な思いで頭がぼうっとかすむ越野さんの傍らで、警官が何か言っている。

「さあね。その分野のエライさんなら、適当な呼称をつけてくれるでしょうけれどね。一言でいうのなら『入らずの山』とか『忌み地』のたぐいですよ。多発事故から始まって、どうしてそうなったのか。今現在、何が起こっているのか。根は何なのか。それは私やあなたには、どうでもいいし、どうしようもない。ちがいますか？　とにかく私なら近寄りません。蛇がそこにいるのなら怖じるのが本当でしょう。ちがいますか…………？」

警官の声とは別に、トンネルの中から人の声のようなものが聞こえて、警官の語尾にまじった。こちらはおそらく、気のせいであろう。

越野さんの通勤に要する時間は、多少増えることになった。大きく迂回路を通るのだから、どうしようもないことだ。

そこまでしても、ある種の緊張は緩和されないようだ。

またしても、ある日どこかで――〈それ〉と出会う予感に苛まれていては、無理もないことだろう。

セミの味がする

Zさんは、こんな風に話を切り出した。

「あなたね。セミってやつを、食べたこと……おありですかね？」

セミというのは、あの――虫のセミのことだろうか。

「もちろん。その、虫のセミで」

たしかオオスズメバチの巣を捕え、さなぎや幼虫を料理して食べるという番組ならば、テレビで時折見た記憶がある。スズメバチといえば、毎年刺されて死者が出る危険な昆虫だ。

モノ好きだとは思ったし、第一命がけでそこまでする必要があるのかとも思うけれど、一部の人々にとっては、それはそれは美味なものであるらしい。生に近い幼虫は、マグロのトロに似ているとか。

けれども、セミとはまた破天荒だ。

ふだん見かけることのない、幼虫のことを言っているのだろうか？　それとも鳴いている、あの——ある種グロテスクな成虫のことを言っているのか。

こちらも何かの本でエビに似た味がする、などと読んだ覚えがある。あるけれど、実際に食したという人間には……お目にかかったことがない。

Zさんは、そういったゲテモノ好き。そうなのだろうか？

「ちがいますよ。とんでもない。誰が、あんなもの好き好んで食べるものですか」

自分でたずねかけたくせに中年男は、頭を、勢いよく振るのだった。

「私が言いたいのは、そうじゃない。ちょっと信じてもらえないでしょうけれどね。ものを食べていると、急に味が変わるんですよ」

味が変わる？

「そう。いつからだったかな……」

Zさんが主張するには。

彼が食事をしているとメニューに関係なく急に、それまでと全く味や嚙みごたえが変化する時があるのだという。

「こう、ぐちゅっとね。……表面が固くて、中が柔らかいモノを嚙み潰したみたいな。分かってもらえますかねえ。それは、もう、いやらしい——いやらしい感触なんですよ……」

おどろいて皿の上に吐きだす。

しかし。

「べつだん、妙なものは混じってはいない。それでも口のなかには吐き気のするような後味が残っていましてねえ。何度洗面所に駆け込んだことか」

毎回の食事がそうではないものの頻度は高い。

彼は、病院に行ったそうだ。

どんな種類の病院かは分からないが、何度も紹介状を持たされて。事実上たらいまわしにされたあげく、最終的に言われたのが「味覚異常」だったか「味覚障害」だったか。

「そんなことを言われたってね。ああ、そうなんですかと治るわけが、ない。つまるところ原因不明というヤツですよ。医者なんてやつはねえ。アレで先生とか呼ばれるから増長するんだろうな。ほら、よく言うでしょう。〝先生と呼ばれるほどの馬鹿はなし〟とかなんとか……」

「先生と呼ばれるほどに馬鹿ではなし」というのもあったかな？　と、Zさんは、つけくわえるのだった。

それはともかく。処方された薬は、すぐに服用をやめてしまった。

らちが、あかないからだ。

症状——というよりも奇怪な感触はいつまでも続く。

彼はやがて。自分の口のなかに湧いて出るものは「虫」だと思うようになった。

子供の頃。近所の悪ガキに無理やりコオロギかなにかを、口のなかに入れられたことがある。当時の彼はパニックに陥って、それを嚙みつぶしてしまった。

そのときの感触。そして、おう吐をともなう味。

あれは忘れられない経験だった。

そのときの味が、現在彼をさいなんでいるそれと酷似しているのだという。

「湧いて出ると言いましたよね、私。そうだ、そうとしか言いようがない。急に来るんですから。前触れもなくねえ。もちろん本物の虫が料理にまじっているはずもない。ま、一時は皿や茶碗をひっくりかえして、まるで解剖でもするみたいにつぶさに調べたりもしたんですがねえ……」

話の異常性とは反比例して。彼のしゃべり方は人ごとであるかのようだ。目つきも別におかしくは、ない。

しかし……。

「ああ。私が、つくり話をしていると思っているんでしょう？　ハハハ。いや無理もない。みんながみんな、そう思うみたいですね。悪趣味な中年男のつくり話。まあ、そんなところでしょうね。ハハハハハハ」

彼は笑う。いつまでも、笑う。芝居じみているけれども——どこか虚無的な笑い方だ。

「でもね。最後には、まあ、全部かどうかは分からないけれど。一応信じてくれるようです。なぜかって？」

後退した髪の目立つ顔が、まともにこちらに向けられる。

「最初に言ったでしょう。あなた、セミを食べたことがあるかって。そうなんですよ。私の口の中に湧いてくるのは、まさに、その、セミなんです。私はセミを嚙み潰しているんですよ。まったく季節に関係なく、ね。生の——ひょっとしたら、まだ生きているかもしれないやつを。こう、ぶちゅうっ、とねえ。ぐちゃぐちゃと。粘つく黄色だか緑だかの、汚らしい汁にまみれたヤツを、ねえ。ははは。あっはっは。いや気分がすぐれなかったらすみませんね。私も、最初は洗面所でおう吐しましたからね。でも本当に本当なんだから、仕方がない。でも、おかしいとは思いませんか。いやいや。この現象自体や私の精神状態のことじゃない。医者云々と私が言ったとき。あなたの考えていることが、手にとるように伝わってきましたよ。口腔の専門医じゃあなければ、かかった医者の見当がつきそうなものだとね。ははは。図星でしょう？　ハッ！　でもね。もうね、どうだっていいんだ。そんなこと！　そんなことは!!　虫なんてね。星の数ほどいるじゃあないですか。その中から、どうして私を悩ましているものがセミだと特定できるのか。それは、つまり、だから……こういうことですよ」

　にゅうっと、彼は唇の端から何か、細長いものをのぞかせた。

　最初は何だか、分からなかった。

　が、確かにそれは細長い、虫の…………「脚」であった。

　セミの、成虫の前足。

「つくりものなんかじゃありませんよ。手品でもなんでもありません。そりゃあまあ、この程度の大きさなら最初から口の中に入れて、話ができる――そう思われるかもしれません。幼稚なトリックと、そう思われるかもしれません」

　口の端のギザギザのある脚が、ぴくぴくと動く。

「最近になってね。味だけではなくて、部分も湧きだしたってことですよ。はははははははは」

またしても、あの虚無的な笑い声。

彼の目つきは変わらず「ふつう」だ。「ふつう」である。

……………だがしかし、それだけに、これは。

何と言ったらいいものか？

「まだ信じていただけませんか。まだ、トリックか何かだと思われる？　なんでしたら舌の上に乗せて見せましょうか？　隠していたなら。しゃべることなどけっしてできない大きさの、セミの………頭の部分を。それとも、嚙みちぎった前半分の方がいいかな？　どうかな？　羽がついたまま、まだ…………動いているかもしれませんがね。どうします？　ん〜〜。どうします？」

彼は、あくまでも、どこまでも「ふつう」の目つきのまま。

少し口を開けた。

ジッ。ジジジ！

と、そのなかから、あの――聞きなれた鳴き声が漏れた。

ゴミ捨て場彷徨

岸山さんは大阪府と兵庫県との境に位置する、某市で生活を営む主婦であった。

のんびりゆっくり、というのが彼女の信条で、間違ってもトラブルになど首を突っ込みたくないと、常日頃思っていた。

身内のトラブル。隣人間のトラブル。地域のトラブル。そうして犯罪がらみのトラブル。

そんなものに巻き込まれるのは、まっぴらごめんであった。

それなのに……。

「あら岸山さんじゃない！」

ある夜。自分を呼ぶ軽い声に彼女が振り向くと、自分と同年輩――30代後半の女性が暗がりに立っていた。

手にはやはり、自分が今まさに処理しようとしていた、黒いゴミ用のビニール袋を提げて……。

岸山さんは、ごく小規模な住宅地の一角に家族と住んでいる。

地域には自治会があり、ゴミの分別や出し方などが細かく取り決められている。ゴミの集積場所はカラスなどが荒らすのを防ぐため、夜間のゴミ出しは基本的には禁じられている。そしてゴミ当番の人間が集積場所の上にシートをかけ、端に重しを置いておくことが義務づけられていた。

ここまでは日本中、どこでもありふれた話だ。

特筆すべき点はない。

岸山さんが夜の間にゴミ集積場所に赴いたのは、朝の忙しい時間に余裕がなかったためである。こういったことも、まあ、ありふれている。

自治体も黙認しているところもあるだろう。

黒いビニール袋も現在ではどこもご法度なのだけれど、その頃はまだ多少融通が利いた。

「えーと、どちらさま？」

「いやだあ。忘れちゃったの？　○○よ。××団地で同じ階だった」

暗がりで、その女性は鮮やかすぎる——ふだん着とはとても思えない——赤系の服が悪目立ちしていた。

岸山さんには、たしかに××団地で暮していた時期があった。けれど名前を言われても、そんな人がいた気もするが、記憶は曖昧だ。

それにしても、だ。

仮に以前に暮していた団地で一緒だったとして、その人物がなぜこんな時間に、こんなところにいるのだろう。

しかも、自分と同じようなゴミ用のビニール袋を提げて。

（あの団地は隣の市だ。電車なら往復1時間は、かかるだろう。何かの用事で、ここまで来て偶然、私に出会った？　それとも引っ越してきたのかしら、この近くに。それにしたって）

そう、それにしても不自然なのは身なりに似合わない荷物である。そうして、自称、岸山さんの以前の隣人は、さらに不自然なことを言い出すのであった。

「ごめんなさいね。これ。そこに一緒に置いてもらってもいいかしら？」

「え？」

ニコニコと笑顔で言う相手の言葉を、聞き間違ったのかと岸山さんは思った。

（一緒に置けって――その、黒いビニール袋を？　今はどこに住んでいるかも分からない人のゴミを？　ここに？　何でまた？）

集積場所には、これ見よがしに、

〈住宅地の住人以外、ゴミを捨てるな！〉

という看板が立っている。

実際、マナーを知らない連中があとを絶たないのだ。通りすがりの人間が、ポケットのゴミや缶などを捨てていくというのは、まだ可愛い部類。

車で乗りつけて生ゴミのたぐいや、粗大ごみを置いていくやからもいる。もちろん分別も回収日も、あったものではない。

自治会では、生ゴミに関しては基本、透明な指定袋の導入。またゴミの集積場所に、防犯カメラを設置するなどの対策が検討されていた。

（そんなタイミングで！）

岸山さんは口ごもった。

「でも。あのね――うるさいのよ。うちの自治会。だから……」

「ああ。分かる分かる。どこもそうなのよねえ。団地の方もね。最近はうるさくなっちゃってさ。困ってるのよ。そりゃあもう、ねえ！」

首を縦に振って、けらけらと相手は笑う。

団地には、棟ごとに大きな集積場所があった。

住人は、管理部所から渡された鍵で指定された日に蓋を開け、指定されたゴミを放りこんでまた鍵をかけておく。そうすることが、義務づけられていた。確かに煩雑で面倒だ。で、あるけれども。

まさかとは思うが、この女性は。あの団地からわざわざゴミを捨てる——ただそれだけのために、ここに来たとでもいうのだろうか？

ただ……それだけのために？

（まわりに車はないし。引っ越してきたのなら、自分の住んでいる地区のゴミ捨て場に行けばいいだけよね。だったら、本当に？　電車を乗りついで、衆人環視のなか。あの団地からゴミを持って——ここまで？）

「あの。あのね」

岸山さんは、自分の考えに悪寒のようなものを覚えながらも、その質問を口にした。

「その、持っている袋って、やっぱりゴミ……よね？」

「ええ、そうよ。燃えるゴミ」

相手は即答する。明朗に、だ。

「あの。今でも、あなた、あの団地で暮らしているの？」

「ええ、そうよ。あの団地でね」

おずおずとした問いに、明朗な答えではあったけれど、この場合、それは――理屈にあわない異常さを伴っていた。

岸山さんは、ここで毅然とした態度をとらなければと思う。

「だったら。どうして団地のゴミ捨て場に出さないの？　あなた、それを捨てるためだけに、ここに来たなんて言わないわよ、ね？」

相手は、またけらけら笑う。

「まさかあ。でもまあ、近いかな。あなたに会ったのはまったくの偶然よ。転居先なんか知らなかったもの。でも、このゴミを捨てる場所を色々捜して、ここまで来たわけだから――当たらずとも遠からずってところかな？」

岸山さんは、混乱した。

「何、言ってるの、あなた。言っていることが、よく分からない……」

相手はフンと、今度は鼻先で笑ったようであった。

「さっきも言ったけれど、最近、団地のゴミ捨て場ね。ゴミを出し難くて。困ってるのよ、そりゃあ、もう」

「何故？　ふつうに出していれば、それほどは」

「だってさ。私が捨てるゴミが、ごとんごとんと音をたてるって、管理事務所に言うヤツがいるのよ。ゴリゴリ、ゴトッゴトッ、てさ」

「ゴミが、音をたてる……？」

意味が分からない。

「腹立たしいわよねえ。それじゃあ、まるで、袋の中で何かが動いてるみたいじゃないの。むちゃくちゃよね。ふふふ。ねえ、何が入ってるっていうのよ。まったく。ふふふ。ねえ？」

「…………」

「それからやっぱり、こんな晩だったわ。私が袋を箱に放りこんだ直後に、誰かが蓋を開けたわけ。そうしたら、その人、しばらく中を黙ってのぞきこんでいたんだけれど。いきなり、アッと叫んで、後ろにひっくりかえってさ。そうね、腰がぬけたみたいに。それから這うようにして逃げてゆくのよ。馬鹿みたい！」

「……そうね。そうかもしれないわね」

岸山さんは、一応同意はしたが、内心では別のことを考えていた。

相手の笑顔は屈託が、ない。けれども最前の悪寒は、今や警戒に変わっていた。

この女性は、悪趣味な冗談を愉しんでいるのだろうか？

仮にそうであっても警戒すべき相手だが、もしも、この女性の語っている異常なことごとが真実だったなら。

（この女は一体、ゴミ捨て場に何を捨てたというの？　何を？）

岸山さんのおそろしく早くなっている鼓動に気づくはずもなく、相手は喋り続ける。

「それでまあ、一度捨てたものを、わざわざ持って帰ったり。色々あってね。今ではあそこには、ちょっと捨てられないカンジなのよね。それで、よそのゴミ捨て場を回ってるってわけ。……疲れるわ。一仕事よ。本当に。あちこちのゴミの収集日や収集方法もネットなんかで調べなくっちゃいけないし。手間も暇もお金もかかる。だんだん、捨てる場所も遠くなっていくし。今はどこも鍵をつけたり防犯カメラをつけたり……ねえ？」

岸山さんは、女性の提げているビニール袋に視線を落とす。

それは、一見、ありふれたゴミ袋にすぎない。動いてもいないし、まして腰を抜かすような変わったところは、何もない。

…………けれど？

「それじゃ、ごめんなさい。置かしてもらうわね！」

「ア――」

女性は岸山さんの返答を待たずに、ぞんざいに袋を集積場所の隅に置いた。

その際、一瞬に過ぎなかったけれど、袋が内側から、もそっと、不自然に形を変えたような気がした。

（ちいさな動物でも入っているの？　それとも？）

それに、何か、かすかな吐息のような音も……人声？

もちろん置いた衝撃で中身が崩れただけかもしれないし、その際、音がすることだってあるだろう。

岸山さんが視線をあげたとき、女性の姿はちいさくなっていた。声をかけるとか。まして、追いかけていって問いつめるなどといった行動をする勇気はなかった。

彼女は無言で自分の分の袋を整え、「置きみやげ」の方をできるだけ見ないようにしながら、青いシートを全体にかぶせる。

と、その際。

「まったく」

誰かがすぐそばで、低い声で毒づくような声が聞こえた。

「まったく。トチ狂った、ひどい女だ……」

（え？）

岸山さんは、周囲を見回す。

集積場所のすみに、誰かがうずくまっているみたいなシルエットが浮かぶ。

（だ、誰？）

けれども、それはすでに置かれているゴミ袋のシルエットに、すっと溶け込んでしまった。

（み、見間違えよ。そうよ）

それから念いりに重しをのせると岸山さんは、足早にその場を離れた。

翌日の新聞の朝刊、夕刊。それから各ニュースでも、岸山さんの住まいの近辺で、何か「ふつうではないもの」が発見された——などという事件は報道されはしなかった。

立地は申し分なし！①　鈍感は美徳

「店長！」

「…………」

「店長！　聞いてます？　猫に舌でもとられたんじゃないでしょうね？　また、みたいなんですよ。ちょっと店長？」

「ああ。ええ？　何だって？」

「カメラですよ、カメラ！　また壊れているみたいです。カメラが！」

関西有数の大手私鉄の某駅。その高架下にあるショッピングフロアの一角に、大関君の勤めている書店はあった。

大手チェーンなどでは、ない。個人経営の書店だ。

けれども広さは、それなりにあった。ついでに言えば、この出版不況下にもかかわらず、客足も多い。

理想的な立地の恩恵だと言えるだろう。

目の前には歩道をはさんで、大手スーパーの入口がある。くわえて書店の入口の正面は某銀行。さらに真横は、駅の改札へと続くエスカレーターだ。二重三重の意味で客が足をとめやすい。

大関君は大学卒業後、就職活動に励んでいたが、志望する企業から思うような返事を得られなかった。うまくいかない就活に身も心もズタズタであったが、生活はしていかなければならない。そんな時にふと見つけたのがこの書店のアルバイト募集の張り紙だった。思わぬ高時給に早速応募。就活とは違い、こちらは首尾よく採用され、はや3ヶ月がった。

就活はうまくいかなかったが生来実直な彼は店長以下、他のスタッフともうちとけ、仕事にもずいぶん慣れてきた。……ある部分をのぞいて。

店の中央にある事務所のなかで、不慣れなパソコンの操作に没頭していた店長に、大関君は声を少し大きめに出して報告した。それが冒頭の会話だ。

小柄で小太り。どういうわけかいつも赤い鼻をしている40代の店長は、その赤鼻の先を大関君にやっと向けた。

「壊れた？　ああ、あれか。作業台の上のやつか？」

「ええ。この間、業者さんに見てもらったばかりのやつです。……おかしいですよ。アレ。

こんなに何度も短期間にイカレるなんて」

「…………」

店内は上から見ると凸型で、奥の部分はコミックコーナーだ。左右は通路をはさんで、別のテナントが営業している。

さらにその奥には間仕切りこそないものの、店員専用の作業スペースになっていて、真上にはコミックコーナー全体をカバーする、監視カメラが設置されていた。

こんな時代だと、たかが万引きなどと軽々に言えないのが現状だ。

子供だけではなく、大人のなかにもレジの死角にあるコミックなどを大量にバッグに詰め込み、そのまま新古書店に直行するやからもいる。

こうなれば、魔がさしたなどではすまない。悪質きわまりない確信犯というやつだ。

店の死活問題に関わってくる、犯罪行為である。

で、この店でも数年前から監視カメラを数基、設置した。

ゆっくりと左右に動く、古いタイプのカメラだった。

けれど、たとえ旧型やダミーであっても防犯カメラは、このような犯罪には効果があるという。

実際、カメラを設置してから、万引きそのものは激減した。だが……。

「店長。壊れるのって、あの、作業台の上のヤツばかりですよね。他のは正常に稼働していて。あそこだけ――自分がここで働くようになってからも3回はイカレてますよ」

大関君は、日ごろ言おうと思って言えなかったことを、この機会にはっきりさせたいと思った。

「この間、業者さんが来たときには自分も立ち会いましたけど。言ってましたよ。内部のコードが、鋭利な刃物で切断されたみたいに切れてるって。外部ならまだしも、内部のそれが劣化でもショートでもなく、こんな風に切れるというのは通常、考えられないって」

店長は赤鼻を大関君に向けたまま、黙って話しを聞いている。

「考えられるのは人為的な――悪質な悪戯ですけれど。いや、ここまでくると器物損壊かな？　でも、不可能ですよね。カメラの内部のコードを切るには、分解しなけりゃならない。手間も時間もかかる。確かに入口付近からコミックコーナーは死角ですけれど、そんな変なやつがいたなら、誰か気づきますよ。お客さんが報せてくれるかもしれない。でも、実際は誰も――」

「オーゼキ」

店長が真面目な顔で大関君の姓を呼んで、彼の話を遮った。店長は彼を「オオゼキ」ではなく「オーゼキ」と呼ぶ。

「あの作業スペースでな、他に妙なことを見聞きしたことがあるか？」

「は？」

まさか、そのような質問をされるとは思わなかった大関君は、思わずまぬけな声を出してしまった。

「妙なこと？」

「ああ、妙なことだ。店員でもお客でもないやつが、作業スペースにいるのを遠目に見た。けれども、実際そこに行くと誰もいなかった――とか。あそこにあるロッカーな。そいつを開けると何か――ふつうでないものが入っていたとか。書いた覚えのない殴り書きが、作業台のメモ帳やチェックシートに残っていたとか。……そういうことはあったか？　どうだ？」

大関君は、店長の顔を凝視した。

（この人は冗談を言っているのだろうか？）

けれども店長の顔つきは、悪目立ちする赤い鼻をのぞけば真面目そのものである。

そもそも、そんなに軽口を発するような人ではないのだ。

だったら？

「何なんです、それ。いやだなあ、店長。まるで、あの作業スペースに何か——出るみたいな言い方じゃあないですか。冗談、キツイっすよ」

つとめて明るく言った大関君に対して、赤鼻の持ち主はニコリともしない。

「出るかどうか俺も知らない。俺自身は何も見ちゃいない。だけど、そんなことを俺に一方的に喚いて、辞めていったやつが何人かいるんだ。この店でな。その内の一人は何と言ったらいいものか——辞めるだけではすまない結果になった。訴えてきた内容も常軌を逸していたんだが……あまり思い出したくないな」

店長は、パソコンの前の椅子を少しずらして大関君に向きなおった。

「あれは、カメラを設置して1年くらいだったか。……やっぱり、カメラの常識外の故障が続いてな。ああ、故障も四六時中というわけじゃない。周期みたいなものがある。その時にそいつ——山田ってことにしようか。俺のところにきて、あの作業スペースで仕事をしたくないって言うんだよ。ガチで凄い剣幕だった……」

「何か、あったっていうんですか？　カメラの故障以外に？」

店長は、赤い鼻をこする。それはもう、すごい勢いで。皮が剝けるかと思うほど。

「さっき俺が言ったようなこと。それに、昼間でも——停電でもないのに作業スペースの周囲がうす暗くなるって言ってたな」

「周囲が、うす暗く？　どういうことです？　それって電圧——いや、照明機器の異常とか？」

店長は首を振った。

「いやちがう。ぜんぜんちがう。他のお客やスタッフは、ただの一度も何も言ってはこなかったからな。あたりまえだ。そんなことが起こったら、ここには他のテナントだってある。大ごとだ。管理事務所に即、報告だ。なのに山田は何度もそんなことが起きるって、ゆずらなかった。肝心のカメラを再生しても、うろたえている様子の山田が映っているだけ。照明は何ともない。にもかかわらず、時には夜中みたいに暗くなるってな。どう思う？」

こんどは大関君の方が、猫に舌をとられたような状態になる。

「最後には、その——山田か。作業スペースで卒倒しているのを発見されてな」

「卒倒？　ど、どうしたんです？」

「意識を取り戻してから、山田が際限なく口走ったことを可能な限り組み立てると、だ。

あの一角が例によって、何の前触れもなくすーっと暗くなった。けれども、それまでと異なるのは、いつまでたっても明るさが戻らない。それだけじゃなくて、まわりにたった今までいたお客の気配もなければ、数メートルも離れてはいない他のテナントの物音も聞こえないっていうんだ。山田は混乱したそうだよ。正常な世界から、自分のいるまわりだけが切り離された——うん。そんなことを言っていたな。そのうち前の方から誰かが、ゆっくりと近づいてきた。それはもう、ゆっくりとな。山田はてっきり、様子を見にきた俺だと思ったらしい。で、これが何度も起こった例の現象なんだと訴えるために、その人影に駆け寄った。今度こそ動かぬ証拠というやつだ。けれど。近づくにつれて、その人影が俺じゃあないことに、気がついた……もう遅かったけれど、な」

「だ、誰だったんです？」

「枯れ枝みたいにほそい手足を、左右にごきりごきり、前後にがくっ、と不自然に揺らして歩く……何かだった。山田はそんな風に言ってたよ。あとは分からん。山田は、そいつから離れようとしたが、足がもつれて意志とは真逆に、そいつの方に倒れこんだ」

「…………」

「身体を支えようとした腕が、そいつの頭をわし掴みにしたそうだ。そうしたら」

「そうしたら？」

大関君は、思わず店長の語尾を繰り返す。

「指が、ずぶずぶ、めりこんだかと思うと…………そいつの髪がな。その下にあるものといっしょに――――べろん、と剝けたそうだ。べろんと、な。息もつまる腐臭、いや屍臭か。そう喚いていたな。そいつが山田の顔に叩きつけられて、後は発見されるまで何も覚えていないし、思い出せないみたいだった。もっとも発見されてからの方が、大ごとだった。半端じゃなく、な。それはもう、な」

二人の間に、しばらく沈黙が流れた。

「その、山田さんですか。卒倒した前後のカメラには何か――その、記録は？」

「故障していたよ。例によってな」

店長の答えは簡潔であったが、大関君は、（それは、ちがうんじゃないか？）と、内心で思った。

「その、店長には心当たりみたいなもの――あるんですか。その、作業スペースのあたりで、その」

「そのその、言うなよ。ん〜、あると言えば……あるかな。本当にそれが、かかわっているかどうか知らんが。ずいぶん以前になるが。コミックコーナーで、商品に口ではいえないようなことをマジックで描きなぐる事件が頻発してな。それからおそらくカッターだろう。鋭利な刃物で本や販促のポスターが切り裂かれたり」

「鋭利な刃物……」

大関君は、その単語をリフレインする。

「ああ。悪戯の域をこえていると判断して、カメラを設置した。最初にカメラを導入したのは、実はその対処のためだったんだ。犯人はすぐに分かった。20代前半の、自称漫画家志望の女でな。はっきりいって、相当イカレてた。ウン、あれはな。漫画で世に出れない、他人に認められないうっぷんばらしとか、そんなレベルを通りこしていたな。何でうちの書店を仇のように狙ったのか、皆目分からん。もっと品揃えのいい大書店なら他にいくらもあるのにな。それでも、こっちは商売道具を傷モノにされたわけだから、責任能力の方はともかく、そいつの肉親に損害賠償を請求したんだが」

「どうなったんです？」

「直後にその女、自宅で何かヤッたみたいだな。いや、あの前後のことも思いだしたくないよ。オーゼキ。俺がそもそも言いたいのはだな、こんな昔話しなんかじゃあ、ない」

うだ。

「は？　え？」

店長はダメ押しのように、さらに数度、鼻をこする。赤くなりすぎた鼻は、血が滴りそうだ。

「こっちも道楽で店をやってるわけじゃあないし、かといって山田のような騒ぎもごめんなんだ。ああ、二度とな。対症療法にすぎなくても、やることはやってる。それはもう、きっちりとな。カメラの修理から、うさんくさい看板を出しているヤツのご指導やら何やら。なるほど、ふつうの人間には、うさんくさい拝み屋のたぐいに金をボッたくられているとしか解釈のしようがないだろう。けれども、だからこそ、まがりなりにもこうやって店を続けられる。俺は、そう思っている。潰れもせず、潰されもせず、な。……ここまでは経営サイドの責任だ。オーゼキ。今現在、お前にとって大事なのはカメラの具合なんかじゃあ、ない。仕事だ。仕事だよ。仕事に精をだしてくれ。いいな？　何度もいうが、俺自身は妙なものを見聞きしたことはない。感受性、第六感——まあ何でもいいが、働いている人間が、だな。そのテの感覚が強いと、能力はどうあれ、うちの店では扱いかねる。うちには、あわない。経験上そういうものらしい。幸い、今のところお前はその方面は鈍感なようだ。結構至極。鈍感な方がいいことだってある。ここでは、とりわけ、な。カメラのことは、こっちで処理する。お前は万一、妙なことごとに気がついたなら——その時は、すぐに俺に報告してくれ。いいな？　こいつはお互いのためだ。人間がこわれたら、利害も人生設計も何もないからな。厄介なことになる前にだ。いいな？」

いいな？　と、そう念を押されても。けっして納得したわけではない大関君である。

冗談を言うはずもない店長から、およそ信じ難い話を聞くことになり、以降作業スペースにいても、正直鬼魅がよくない。

とりわけ。

………頭上のカメラが、唐突に異音をたてるようなときには。

(聞かされたあの話。あれは本当なんだろうか？)

彼もまた就活戦線で一敗地にまみれて、金銭が必要な身である。この店の給料は景気に反して破格なのだ。

(気味がわるいだけで辞めるわけにはいかない。そもそもカメラの不調以外、自分は何も見聞きしてはいない……今のところは)

大関君は今もその書店で、地雷の上にいるような気分で働き続けている。

立地は申し分なし！②　居酒屋臨時休業へ

その居酒屋は有名外食店グループの傘下にあり、都内の環状鉄道の某駅前に位置している。

駅の出入り口のほぼ前という好条件の立地で、客の入りはいい。

居酒屋業界では斬新なコスチューム——ファーストフード店を思わせる——を女性の接客要員に取り入れているのも特色の一つだ。一部のマニアックな層で人気があるとか。

で、この居酒屋（仮に店名を「D」としておこう）だが、ある時を境にして女子の接客要員の離職率がはねあがったというのである。

なぜ？

当時勤務していた人間の多くと連絡がとれないため、これが唯一の真実とは言えない。

しかしながら、どうにも常識では説明のつかない、「不幸の連鎖」としか形容のしようのないできごとが、あったようだ。

「不幸の連鎖」——それはいったい……？

『当時、接客担当では私がその店では一番勤めている期間が長くて。リーダーみたいな感じでした。離職？　ええ、最初は偶然だろうと思っていたんですけれど。続けさまに二人辞めてから、変な空気になっちゃって……』

当時の状況を語ってくれた彼女を、仮に赤坂さんと呼ぶことにしよう。

都内のある図書館の談話室でこの話を聞かせてくれた彼女は、見た目は20代半ば。背は高いが、全体的に肉が削げた印象。今現在は某量販店にて「研修中」のプレートを胸に、頑張っているのだとか。

赤坂さんの言う二人目、木村という人間が辞めた時点で、店の女子の接客要員は、赤坂さんの他に伊藤、上田、江坂、大石、金田（すべて仮名）というメンバーだった。

『仕事を終えたロッカールームで着替えをしていたとき、上田さんが「木村、辞めちゃったんだってえ？　ハッ！　根性ないよねえ！」と大声で言って。それをきっかけに、みんな顔を見合わせてしまって』

離職自体は珍しいことでは、ない。このような業態だと事前に面接を重ねても、音をあげる者はすぐに音をあげてしまうものだ。それこそ男女の別なく。

が、彼女たちが顔を見合わせたのは、ある共通の体験があったためなのである。

『問題はお客さん用のトイレなんですよ。トイレの入口の扉の後ろにチェックシートが貼ってあって。当番の子は決められた時間ごとに項目をチェックして、判を押さないといけないんです。でも』

次第に皆、その当番——いやいや、トイレに入ること自体を嫌がるようになっていったというのだ。

『……トイレ自体はそう広くはないんです。男女用共に、基本的に同じ構造で。個室が一つに、簡単な洗面ユニット——どこにでもありますよね。それからトイレの入口脇に清掃用具を入れた、あれもロッカーっていうのかな。他にもロール置き場とかこまごまとあるけれど、広くもないし、複雑な構造でもない。お客さんが汚してさえいなければ、チェックはあっという間に終わるんですけれど』

最初にそれを言い出したのが誰かは思い出せないそうだ。

とにかくチェックの最中に、何もしていないのに用具入れが開いて、モップのたぐいがガラガラと倒れてきたり。自動式ではない洗面ユニットが、誰もそばにいないのに水を吹き出したり……。

個室のなかに、誰かいる気配がする。

物音や咳ばらい。当番の人間が遠慮して外で待機していても、いつまで経っても誰も出てくるものはいない。それで改めて確かめたら、中は無人だった……。

『辞めちゃった木村って子なんか「自分は隙間から、服の色まで確かに見た！」って、言いはっていました。でも実際は誰もいない。それでも木村は「いるいる。いるのよ。いるんだってばあ！ 個室だけじゃあなくて、トイレ点検の間中、誰かそばに佇んでいるみたいで気味がわるいのよお。今にも何かに肩を叩かれそうで！ 今にも首筋に何か、ヒタリと触れられそうで！ 自分しかそこにはいないのにィ。自分しかァ！」って、最後には半泣きになってしまって』

不思議なことに客が傍にいるときは、何も起こらない。男性従業員の場合も同様。

何者かの気配——それを感じるのは女子従業員だけ。それも、ある時期に店にいた者に限られているようだった。

『B子っていう子が、一時期、接客要員として勤めていたんです。ぽっちゃりとした、でも日陰の草みたいな印象の子でした。私は一度だけ長話しをする機会があったんですけれど。何でも、ヒキコモリ期間が長かったとかで。これではいけないと社会に順応するために一念発起して、この店の接客要員募集をサイトか何かで見つけて採用されたって。うん。何でも一生懸命にやる子でしたよ。でも声もちいさかったし、はっきりと思ってることも言えないところがあって。社会順応の場としては、この仕事は向いていないんじゃないかとは思いました。……本人には言いませんでしたけれどね。相当、辛いトラウマ？　を引きずっているようでしたし。それに、現実問題として接客要員は常時募集しないと業務がパンクしちゃうんです。だからこそ、あの子も採用されたんだろうけれど』

B子の一念発起は立派なものだったろう。ただ、やはり、向かう先を間違えた。そうとしか言いようがない。とても悲しく、そして——本人にとって不幸なことであった。

要領が悪く社交性に問題のあるB子は、店でも主として女子従業員たちのイジメの対象となったのである。

赤坂さんは詳しくは語らず、また語ろうにもすべてを把握していないようであったが——

——相当陰湿なイジメが繰り返されたようだ。

とりわけ…………トイレで。

結果的にB子は最初の給料日を待たずに店に出勤しなくなり、自動的に退職扱いとなった。

イジメた連中は誰もB子の過去になど関心がなかった。彼女が再度受けることになった心のダメージにも、全く興味はなかった。

たとえ彼女が、その直後に自殺や自殺未遂事件を起こしていたとしても、おそらく良心の呵責はおぼえなかったろう。

その時イジメに加担していたのが、今回続けさまに離職した木村たち二人。

現在残っているメンバーでは上田と大石であった。特に上田はB子のイジメの一件では、中心人物と言ってよかった……。

『ロッカールームでもね。木村さんが辞めたあたりから、大石さんがちいさな声で「これって、もしかしたら、B子がからんでるんじゃないのかな？　B子、もしかしたら本当に首とかくって……」って言いかけたんです。そうしたら上田さんが、それはおそろしい形相で』

「何言いだすんだ、馬鹿！　あの豚のことを今更もちだすなよ。頭、膿んでんじゃないの？あの豚が生きていようと死んでいようと、私らに関係あるわけ？　大体、職場は精神修養の場なんかじゃ、ありません。あの豚の名前を二度と出すなよ！」

聞くにたえない罵声で、まくしたてたそうだ。

赤坂さんは比較的新しいスタッフの手前、上田をたしなめようかとも思った。が、上田は赤坂さんを除けば、店での勤務が長いベテランである。今後の業務における人間関係のことを考えると、ついに批判の言葉を出すことはできなかった。

『私も――弱かったんです。反省して、すむことじゃあないけれど』

そうして。ロッカールームでの一幕から一週間もたたないうちに、今度は大石が出勤しなくなった……。

『上田さんにひどい言い方をされた後、様子がおかしかったのは確かです。業務は何とかこなすけれど、休憩時間も仕事が終わった後も、生返事ばかりで。何か、他のことに気をとられていたみたい。あの状況だと、たぶん、あのトイレでの一連のできごとを考えていたんじゃないかな』

大石は実家から店に出勤していたのだが、心配した店長が実家に電話をかけても、留守電につながるばかり。どうやら実家には誰もいないらしい。

そこでケータイならばと試みると――。

『つながらない、というよりも、着信拒否されているみたいで。店の、他の大石さんと仲のよかった女子がやっても結果は同じ。おかしいと思いませんか?』

大石の現状も心配ではあったが、もっと身近に切迫した問題があった。短期間に三名も辞めてしまい、接客要員はおおわらわになってしまったのである。店長は慌てて人員補充の募集を強化した。けれど。

『どんな仕事もそうですけれど、今日来て即戦力なんて、まずありえませんよね。研修期間をもうけて新人教育から始まって――うちは直営店舗じゃなかったから、系列の他店舗から臨時に、ベテランを回してもらうということもできなかったんです。何だか、この後どうなるかが見えてきて……』

B子のことも含めて、職場で女子校じみた自分中心のグループを形成し、イジメごっこや男子従業員相手の恋愛ごっこにうつつをぬかす上田のような存在こそが、元凶ではないのか。赤坂さんは口にこそ出さなかったが、ひそかに思った。

開店前の集合時、晴らしようのない思いで上田をにらみつけたりもするのだが、相手は相変わらず高慢なオーラを発し、店の苦境もどこ吹く風という雰囲気であった。

（イイ気なものね。自覚がないわけ？　あるわけないわよね、女王様には！）

そんな最中である。

その上田が、文字通り店からいなくなったのは。

それは彼女がトイレチェックの当番の日であった。

「ぎゃあああぁぁぁぁっ！」

正確な時刻は分からない。まだ営業中で、多数の客が店内にいた。その店内に突然女性の悲鳴がつんざき、バアァァァァン！　客用トイレの扉を破れんばかりに開けて、中から上田が飛び出してきたのだ。

接客用の笑顔やつくり声はもとより、本来の女王様気質の傲慢な表情は、みじんも残っていなかった。

上田は顔を醜くひきつらせ、血の気が失せた唇にはよだれらしいものが光っている。かっと見開かれた目は飛び出してきたトイレの方に釘づけになっている。

そして彼女は長い髪を振り乱し、何事が起ったのかと驚いている客や従業員たちに目もくれず。転げそうな足取りでレジの方向に向かい、そのまま自動ドアから店外へ走り去った！

店内はざわめき、混乱した。

店員が逃げるように外に走り出たのだから、これは当然の反応だったろう。

店長以下、感知システムを再点検。火災も事故も起きてはいないと客に説明をし、混乱を収拾している間、赤坂さんは一人、思うところがあって上田が飛び出してきたトイレの様子を確認した。

男子用の個室の前に「清掃中」のプレートがかけられ、それはまだ細かくゆれていた。中には清掃道具が一式。どうやら上田は吐しゃ物か何かを見つけて、清掃の途中だったようだ。もう、ほとんどそこは綺麗になっていたが。

その他には――特筆すべき点は見当たらない。

少なくとも、あの上田を脅かすようなものは何一つ。

（彼女、何か、ここで見たのかしら？ アノ、気の強い人が絶叫するものって……）

大石たちが、主張していたような「もの」？

と、赤坂さんは天井に顔を向けた。

何か――紐みたいな影が天井から垂れて揺れ、埋め込まれた照明器具の前をよぎったような気がしたのだ。

（紐？ ここに？ まさか！）

トイレの天井には照明器具の他は換気装置と、配線等の点検用のパネル。あとは防火用の感知機器のたぐいしかない。

どれも専門の工具で、しかも業者でなければ開けられないだろう。換気装置にはフィルターも入っているはずだ。小さな虫でも通り抜けられるかどうか。

(そこに何かを垂らしたり、吊り下げておく? 無理よ。ネズミの尻尾だって、ここに垂れさがるなんてことはありえない。なのに——何で紐なんて思ったんだろう?)

その晩、店は早じまいになった。とうとう上田も戻ってこなかった。男性従業員を中心に、店の周辺を捜してはみたが彼女の姿はどこにも、ない。マンションにもいなかったそうだ。店長は、公的機関の手を借りるべきかどうか悩んでいる様子だった。

……次の日は、雨であった。

しとしとと朝から間断なく振り続けている。

出勤途中の赤坂さんは、昨日のできごとを回想していた。

10代の子供ならともかく。成人が勤務中に自分の意志で店を飛び出したのだから、店側としても対応しにくいところだろう。おかしな客に脅されたわけでもなく、事故が起こったわけでもないのだから。

それにしても上田は、どうしてまた、あのようなふるまいに及んだのか。

自分には感じられなかったが、やはり、何かがあるというのだろうか? ……店に、あのトイレに？

（B子にまつわること？　まさか！）

『その日はちょっと買うものがあって。店のある方向とは反対側の改札から外に出たんです。で、目的のお店で買い物をして、ふと横手を見ました。ビルとビルの間の隙間みたいになっている場所を。路上駐車している車の影で、ちょうど道路からは死角になってるんですよ。今考えても、なぜその時、そこを見たのか分からない。うっかり見過ごすのがふつうなのに。とにかく、そこに——上田さんがいたんです』

最初は、ホームレスかと思ったらしい。視線の定まらない眼で、赤坂さんをぼんやりと見つめていたそうだ。全身泥まみれ、髪はめちゃくちゃに乱れ、おまけにどこで拾ったのかボロ布にくるまっていたという。

『店の接客用のコスチュームのままでした。一晩で驚くほど汚れていましたけれど。つまり彼女、店を飛び出してからずっとその服のままでビルの隙間に入り込んでいたらしいんです、雨に打たれながら。私が傘をさしかけて店に戻ろうって言っても、ガタガタ震えるばかり。おそろしい鬼みたいな形相になって。あの店には入りたくないって。……目が、イッていました。血走っていて——おそろしかった。昨晩、何が起こったのかとたずねたら……』

上田は男子用の個室の清掃中であったという。

（まったく、マナーのなってないやつが多いんだから！）

作業も終わりかけた時。閉めておいた個室のドアが、軽くノックされた。

（清掃中ってプレートかけておいたのに。日本語もよめないわけ？）

「すみませーん。もうすぐ、終わるんで待ってもらえますかあ？」

ドアの外に人の気配。それだけではなく、

キャッキャッ。キャキャキャッ。

うふふふふ。ふふふ。ふふ。

と、ふざけて笑うような声が聞こえる。

上田は、ピンときた。

（え、女の声？　お客じゃあないの？　もしかしたら）

どんどん！　ドーン！

と、今度は個室のドアが、足で蹴っているみたいな振動で揺れた。

（あの噂を知ってる同僚じゃないの？　赤坂はともかく、江坂か金田か——私がビビると思って、こんな小細工を！）

プライドの高い彼女だ。そのテにのるものかと、ドアを開けて怒鳴ろうとしたとき。ドアの下にある隙間から、にゅっと、手があらわれた。

服の袖もなければ、装身具のたぐいもつけてはいない。生白い――――腕が。

個室のドアの下の隙間は、事故等の確認のため男女用とも、わざと大きく設計してある。とはいえ大人ならば、やっと腕を肘のあたりまで入れられる程度だが。

その隙間から、まさに腕が肘まで入れられて、指が何かを求めるみたいに蠢いている。

「ちょっと誰よ。そこにいるの。幼稚なマネ、やめてくれない？」

強気でそう言ったものの、上田が当初よりもうす気味悪く思い始めていたのは確かだ。

が、彼女の問いかけに返答は、ない。

「やめろって言ってるだろ！　脳みそ、膿んでるのかよ、お前ら！」

そうなじったものの返答は何もない。かわりに。

……………2本、3本と腕が、次第に増えていく。

次々に差し入れられ、5本をこえた。すべて右腕だ。

（なに、これ。いくら何でもこの狭いトイレのなかで、5人もひしめきあって、どうやっ

たら個室に腕を入れられるっていうの？　どんな格好をしたって、それは無理——無理よ）

それに個室の外に、そんな大人数がいる様子は、ない。まったく、ないのだ。

かわりに聞えてくるのは、
くすくす、うふふふふ。クスクス……クス。クスクス。

という、誰とも知れない調子の狂った笑い声。それに、不可思議なほどはるか遠くに思える、店内の喧騒……。

ついに腕の数が二桁になった時、上田はあることに気づいた。

（こ、この肘の下の大きなホクロ。見覚えがある。これって。これって、私たちがからかった……そんなところにホクロがあるのは幸が薄い証拠って）

B子の腕だ。

間違いない。どの腕にも同じ場所にホクロがある。

（ひぃぃぃぃぃぃ！）

上田はプライドもなにもかも捨てて、助けを呼びたかった。けれども今、大声をあげれば、ドアの向こうにいる「もの」に何をされるか分からない。

そんな根拠のない、けれども確信めいたものが邪魔をした。

彼女はその時、心底、様々なことごとを後悔していた。

B子をイジメつくしたこと。木村たちの話を頭から否定したこと。この店での自分の態度。

いや、そもそも、この店に働きに来たことを！

腕は床のタイルを、バンバンと叩き始める。届く範囲のドアの内側をがりがりと引っ掻く。

（ごめん。ごめんよお。私が悪かったよお。やりすぎたよお。あやまるからあ。だから。助けて。助けて。たすけて。タスケテ。タスケ――）

腕の群れから逃れるべく、限界まで個室の奥に体を寄せ。ドアに背を向けて、目を伏せてうずくまり。

上田は無意識のうちに頭を血が出るほど掻きむしりながら、同じ単語をつぶやき続ける――「タスケテ」と。

それは、無様に泣きじゃくる子供の姿そのものであった。ありし日の――B子のように。

と、上田は気配がなくなったことに気づいた。

怖々と後ろを見ても、例の隙間があるだけだ。いつもの――あたりまえの個室の中。

異様な笑い声も、いつのまにか聞こえなくなっている？

(助かる！)

反射的に上田はドアを開け、ありったけの声で助けを呼ぼうとした。そのとたん。

ずるん！

頭上から「何か」が、上田の顔面すれすれに垂れさがった。

…………さかさまになった、B子だった。

首が、長い。

引き延ばされた首は、ボロ雑巾みたいに何重にも捻じれていた。

そして嗤っていた。

あのイジメの時。

まさにこのトイレで上田たちがそうしていたように、ニタニタと。

『上田さんは、そのまま「保護」されて。両親に引き取られたそうですけれど——私が店長に報告した、この「悪い噂」が、どういうわけか店内に広まってしまって。女子の接客要員だけじゃなく、男性の従業員や調理スタッフまで店に来なくなってしまって……あっという間でした。本当に』

そう言って赤坂さんは嘆息する。

現在、居酒屋「D」の閉じられたシャッターには「臨時休業」の貼り紙がされている。

閉店したわけでは、ない。実際はどうであれ。

歩道橋撤去される（死人に口あり）

A県某市内にある最も大きく、かつ古いショッピングセンターに――その歩道橋はあった。

現在のような巨大な立体駐車場が出来ていなかった当時。また、乗用車での来店も現在ほどではなかった当時。何よりも歩行者の安全を考慮して、その歩道橋はセンターの完成と同時につくられた。

センターから見て国道の向かい側の歩道から、直接店内の2Fに行ける構造なので、正しくは連絡橋と呼ぶべきかもしれない。

それでも近辺の人間はずっと――歩道橋と呼んできた。現在は「閉鎖」され、もう歩いていける道でも橋でもないというのに、やはり歩道橋と呼ぶのだ。

その歩道橋の横にあるバスの停留所。

その青年はバスを一人で待っていた。すると「男」に声をかけられた。

他には誰一人いなかったはずなのに、いつのまに、そこに来たのだろう。

晩秋の寒空のもと、男は軽装のスーツ姿であった。開襟シャツが、とても寒々しい。顔は――何か違法な薬をヤッているみたいに、だらしなく弛緩しているのだった。

『ああ、もう。鉄板か何か知らないが。誰ものぼれないように、のぼり口を覆われちゃあ！歩道橋も気の毒なものだね。ン？　そうは思わないかい、兄さん。ああ、連絡橋って言わないとダメかな、やっぱり。ン？　そんなことはない？　話しがしやすいね、兄さん。……この歩道橋も可哀そうだよ。ショッピングセンターができてから、かれこれ40年あまり。何と40年だよ。驚くじゃないか。それからずっと頑張ってきたというのにさ。もうすぐ撤去されるんだよ。ン？　兄さん、何でそんなことになったか。いきさつは知ってるかい。ああ、請け負った業者が貼り付けたプレートにごちゃごちゃ書いてあるよな。老朽化とか安全のためだとか。ハハハ。ちがう。ちがう。ちがうんだなあ。これが！』

男は、よく喋る。

まるで独り言のように。青年が生返事をしようが適当にあしらおうが、関係なく――喋り続けるのだった。

『このショッピングセンターだって、一時は採算が取れないとかナントカ。整理対象になったらしいけどね。この通り、続いていやがる。聞いた話では、このグループの実効支配ってのは、どっかの銀行なんだろ。そこに田舎の議員さんたちを通じて働きかけた連中がいるとかいないとか。まあ、確かにこのショッピングセンターがないと不便だよ。この辺はさ。市内じゃ一番に開発されてベッドタウンになったのはいいけれど。実際は半端な山に囲まれて坂ばかり多いしさ。かんじんの住宅地には、ろくな市場も商店街もありゃしない。よくてコンビニがせいぜいかな。国道の両側なんて寂しいもんさ。ファミレスどころか、ファーストフードの店もろくにないんだから。まあ、ガソリンスタンドが次々潰れるご時世だもんな。住民も高齢化が進んでいるしさ。手に入れた時には、理想の我が家だったろうけれど。誰も40年後のことなんて、ふつうは考えない。ン？　そうだろ、兄さん。ショッピングセンターだって、なくなると困るんだ。たとえ客層が年寄り中心でも。どんなに寂れてサービス精神皆無の店でも、な。ン？』

男はそれこそ、かんじんの本題に、なかなか触れない。触れないのを愉しんでいるようにも見える。

『そうそう歩道橋だった。歩道橋。確かにこいつも古い。けど、老朽化のために撤去ってのはウソだよ。ウソばっかりさ。何べんも補強を繰り返してさあ。その辺の耐震建築手抜きアリよりは、よっぽど頑丈だよ。請け負うよ。それなら、なぜかって？　ン？　兄さん、救護室だよ。救護室。知らないかな。百貨店だのスーパーのたぐいには、たいていあるだろ。ン？　急に気分が悪くなる客。転んだり、指をはさんだりするガキ。そーいう客を休ませたり応急処置をするところだよ。まあ、もっと、重症なら——当然、専門機関に通報するんだろうけどさあ。もちろん、ここのショッピングセンターにもあるんだ。そうして、ここ数年、そこの厄介になる連中の数が、はねあがったんだな。それがさ。べつだん、ケガ人が増えたってことじゃあ、ない。ショックを受けたってやつ？　悪いものを見てさ。失神したり、パニックか。そんな状態になるやつが大部分さ。ン？　何を見てそうなったかって？　悪いものって何かって？　ン？』

青年は、べつだん質問などしてはいない。けれども男は時折、歩道橋をふさぐ鉄板を、ガンガン！　と殴りつけながら、嬉しそうに言うのだった。

それはもう、嬉しそうに。

『まあた、話しがズレるけどさあ。兄さん、こんな古典的な都市伝説をおぼえてるかい？自殺者がビルやマンションから飛び降りるだろ。ふつうなら、死体を片づけて——その前に、現場検証とかがあるかな。まあいいや。とにかく片づけたら、それで終わりだ。けれども、その後。同じビル、同じマンションで投身自殺を見たというやつが出てくる。調べてみても周囲に死体なんか、ない。あったらまた騒動だけど、見つからない。それなのに目撃証言か。そいつは続くんだ。変な話じゃないか。理屈にあわないじゃないか。つまり。自殺者の霊でも影でも、呼び名は何でもいいんだがね。そいつが、えんえん『自殺の瞬間』ってやつを繰り返しているらしい……。聞いたことないかい兄さん。ン？　結構、有名だったと思うよ。こういうのは、たんなる都市伝説で終わりなのかな。ン？　どう思う、兄さん。自殺するくらいだからさ。強烈なんだろ？　人の一念ってやつ？　それが、そいつの像を現場に焼きつけてしまう。あるのかな、そんなこと。それとも、よくいうじゃないか。地縛ナントカとか。本人の意志にかかわらず、そいつは時間が巻き戻されたみたいに、死の瞬間をエンドレスで繰り返させられるのか。もしもそうだったら――そいつは、地獄と変わりないと思うけどね。ン？』

男は、ほんの少し、まじめな表情になった。すぐに、もとの弛緩した顔に戻ったけれど。

『いや、こんな横道にそれる話をしたのもさ。この歩道橋でも、何人も飛び降りてるんだよ。名所ってほどじゃあないけれどね。何人も死んでるんだ。本当だぜ。飛び降り自殺っていうのは後が汚い。そりゃ、そうだ。十何階の建物から落ちたら人間なんか、潰れたトマトと変わらない。ぐちゃっ、とね。ああ、トマトと決定的にちがうのは、人間の中身はひどく臭いってことだよな。何せ糞便がつまってるんだから！　糞が、さ。トマトにゃ内臓なんてないって。アハハハハ。ないぞう、って言うくらいだもんな。そりゃそうだ。ハハハ！』

自分のお寒い駄洒落のどこがおかしいのか。しばらくヒイヒイと笑ってから男は言葉を継ぐ。

青年はといえば、早くバスがこないかとじりじりしていたのだが。

『……で、この歩道橋から飛び降りた連中も、似たようなものでさ。いや、ある意味、マンションから飛び降りるよりも酷いありさまになった。この程度の高さの歩道橋で？　って思うだろうがね、兄さん。何しろ下は国道だ。時間帯にもよるが車がびゅんびゅん走っている。中には大型トラックもあれば、今、あんたが待ってるバスも来る。大抵、車に轢かれる。それも、何度もだ。一人なんか、ピンボール状態でね。知らないかな、兄さん。ン？ゲームセンターなんかにあるピンボール。……飛び降りたとたんに大型車に弾き跳ばされ。そこを別の車にまた弾かれ。車の下に巻き込まれてから、また弾かれて——都合何回、やられたっけ。最後には、どんな肉の塊ができたか……想像つくだろう？　ン？』

そんなもの誰が想像したがるものか、と青年でなくても思うだろう。

『それで――救護室なんだがね。何で、ショックを受けた人間が頻繁にそこに運び込まれるようになったかというと……』

　男によれば歩道橋を渡って、ショッピングセンターに行こうとしている者の目の前で、誰かが安全柵に手をかけたかと思うと、あっという間にそれを乗り越えて下に――国道に飛び降りるのだそうだ。

『あっ、やった！　とふつうは思う。それで慌てて安全柵に駆け寄って、下の国道をのぞいてみる。今はさ、色々あったんで安全柵というよりも高い壁になっちまったけれど。その時はまだ、のぞくことができたわけ。ところが下はべつだん何事もない。死体らしいものもなければ車が急停車する気配も、ない。おや、と思うそいつの前に、「顔」が、ばあと、突然、下から出てくる。そうなんだよ。突然、肉団子みたいなヤツが、さ』

　青年は男の長広舌。そうして異常異様としか言いようのない内容をどう思っているものか。バスが来るはずの方向をじっと見つめている。

『他にもあるよ。たくさん、ある。たとえば、誰か投身自殺をはかった！　と思って、柵から身を乗り出して下をうかがうヤツなんかがいるわけ。下にさ、真っ赤なオートミールをぶちまけたみたいな惨状を予想して、だろうなあ。ひひひ。そうしたら目をどんぶりのようにして見ていたヤツの背中が、ドン！　と、押されるんだ。いや危ない危ない。もうちょっとで眺めていたご本人が、オートミールになるところさ。必死の形相で何とかバランスをたてなおし。柵にしがみつくご本人の耳に聞こえてくる。ふざけた声がね。「アア、惜しい。惜しいな。惜しかったなあ。もうちょっとだったのに、なあ」悪ふざけじゃすまないだろ。で、声の主はどこにいるんだと捜すと、たいてい反対側の柵に腰かけているんだな。これが。二目と見れたものじゃあ、ない。それこそ、人間の残骸が…………さ』

そこで男は、また笑う。

笑うところでないにもかかわらず。面白くてたまらないようだ。

『……まあ、そういったことが続いたわけさ。歩道橋もセンターへの連絡橋でもあるわけだから、どこでどういうやりとりがあったのか知らないけれど、見過ごせなくなった。で、撤去が決まったという次第だよ。ン？　兄さん。誰も彼も貝みたいに口を閉ざすかもしれないが、こいつは本当の話だぜ。歩道橋に「出る」やつが、例のピンボールの主かどうかまでは分からないけどさ。仮にそうだとしたら、そいつはどうしてまた、そんな真似をするのかね？　自分が歩道橋から飛び降りて、無惨な姿になったから、他の無関係なやつらも脅かしたい？　できれば飛び降りの仲間に加えたい？　もしもそうなら、自覚していようといまいと、そいつは鬼の理屈だろう。とっくに地獄に堕ちている、鬼のさ。ン？　兄さん』

青年は何も答えない。

『暇なヤツの話につきあわせてすまなかったね。ン？　兄さん。あんたはいい人だな。だったら、あまり、このあたりには近寄らない方がいいと思うよ。今、話したのは——あんたがどう思おうと勝手だけれど、嘘でもつくり話でもないんだ。正真正銘、本当の話さ。本当だからタチが悪いし、タチが悪いからこそ、歩道橋はもうすぐ撤去されて解体されちまう。今度から、ショッピングセンターに行こうとするなら、国道の横断歩道を使うしかない。けれども、それで万事、解決かな。その程度の場当たりな。ことなかれ主義の見本みたいな方法で。いやいや、そうは思わないね。連中、また別のテを考えるんじゃあ、ないかな。ン？　何しろ鬼のたぐいだ。眷族だ。哀れかもしれないが、むさくるしいやつらだ。むさくるしくて執拗な連中だ。もう、そんなことぐらいしか愉しみもないんだろうさ。そうは思わないかい。ン？　兄さん』

ようやく話が〝オチ〟たかと思い、青年が振り向くと——男の姿は、どこにもない。

青年の視界に男は入り続けていたというのに。次の瞬間には！

約、30秒後に18分遅れでバスがやってきた……。

惨事現場異話　老女はささやく……

東京に拠点を置く某企業の営業担当であるBさんが、ある地方都市に出張した際のできごと。

彼は電車を乗りついで、目的地へと向かっていた。

時刻は平日の昼間で車内は空いていた。

疲れていたBさんは取引先でのプレゼンのことなどを考えながら、いつしか座席で、うつらうつら眠りかけていた。

「もしもし」

そんな声が聞こえて、Bさんはハッとする。

顔をあげると70代くらいだろうか。身なりのいい老女がBさんの前に立ち、にこにこしながら彼を見おろしている。

（なんだ、このばあさん。今のは自分に呼びかけたのか。席を譲れとでも？）

車両は空席だらけである。

そしてBさんが座っているのは優先席でもない。例え相手が老人であっても、とやかく言われる筋合いはないはずだ。

「もしもし」

老女は繰り返して言う。とにかく、自分に何か話したいようだ。しかし、この状況で何を？

（孤独な――そうしてちょっとボケかけている老人が、身の上話しをする相手を物色している？　だったら、願い下げだがね）

「何か御用ですかね？」

それでも紳士的に切り出したBさんであったが、老女の台詞は彼の想像の斜め上を行くものであった。

「いえね。お節介ですみませんね。でも、あなたの座っている席にはね、さっきから白い服を着たお嬢さんが重なって座っていて、すごく具合が悪そうでしてね。どうにも、見かねたのですよ」

「はあ？」

Bさんは思わず左右を見回す。見回すまでもなく、そんな若い女性はどこにもいはしない。それに。

（今、このばあさんは何て言った？　自分の席に重なって座っている？　何なんだ、そりゃあ？）

「あなたが眠りかけて姿勢を直すたびに、お嬢さん……つらそうでねえ。重いのかしらね。ほら。苦しそうに目から、耳から、鼻から、口から。ぽたぽたと赤いものを膝の上に落とされるんですよ。それはもう、見ていると気のどくでねえ。あなたもお疲れでしょうけれど。ちょっと、その席を譲って頂くわけにはいきませんか。ほら、こんなにも赤いものが床にまで垂れて」

（ボケているどころじゃあ、ない。このばあさん、イっちまってる……）

正直、Bさんは、そう確信をした。

それ以外に考えようもない。

とはいえ相手は相当の高齢者だ。

ここで激昂して正論を喚き散らしても、得るところは何もない。

第一、車内はどこも空いているのだ。

Bさんは黙って立ちあがり、そのまま他の車両に移ることにした。